中村文昭

あの日ののぞみ246号

センジュ出版

あの日ののぞみ246号

装画　小原一哉
装幀　天野昌樹

プロローグ

頭の奥で音が鳴る。

目を閉じて、その音を追いかける。

追いかけて、つかまえたその音を、おもちゃのピアノでたどる。

「初めて聴く曲だなぁ」

夕陽の差し込むリビングで、父さんはそう言って隣に座り、短い鍵盤の上を動く僕の手を見つめてくる。

「ぼくがつくったんだよ」

得意気に答えた僕の頭を、大きな手がぐりぐりとなでる。

「ワクは天才だなぁ」

ひげで覆われた口元がゆっくりと弧を描く。

嬉しくて笑う僕のそばで、母さんも笑っている。


なんで今、あの頃のことを思い出したんだろう……。夢うつつの中で見た懐かしい映像に、わずかな感傷が走る。

今はもう、父さんと母さんの間で笑うことなんて、なくなったっていうのに……。


せっかく大阪まで行ったのに、結局、何もできなかった。僕は、天才でも何でもなく、ただの臆病者だ。

流れる車窓を眺めながら、もう何度目かもわからないため息を吐き出す。

このまま東京に帰って九月を迎えたら、また、夏休み前と変わらない日常が始まってしまう。朝、母さんが僕の部屋をノックして「今日は行けそう?」と訊《き》き、「たぶん、明日からなら……」と僕が答える。そんな日常。

そう思うと、いっそう重いため息がこぼれた。

到着を知らせるアナウンスが車内に流れて間もなく、新大阪発東京行きののぞみ246号は、ゆっくりと速度を落として名古屋駅のホームに停まった。

夏の夕暮れは遅く、十八時でもまだ、窓の外の景色ははっきりと映る。

キャリーバッグを引いて歩くスーツ姿の男性。

スマホ片手に、高いヒールで足早に歩く髪の短い女の人。

坊主頭の剣道部の集団。

眠ってしまった小さな男の子を、背負って歩く父親。

そんな光景を車窓越しのホームに見ながら、シートに体を預ける。ギターを置くために選んだ人生初のグリーン車両最後尾席は、さすがにゆったりとして座り心地が良い。

新大阪駅からここ名古屋までは二つ並ぶシートの通路側に乗客はなく、快適さに輪をかけていたから、僕はこのまま隣に人が来ませんようにと願いながら、乗り込んでくる人たちの歩みを見守っていた。

初老の夫婦が、僕が座る号車の真ん中あたりの席に座り、数人の二十代くらいの女の人たちが、賑やかに僕の脇を通り抜けて後方の号車へ消えて行った。

発車を知らせるベルが鳴り響き、一人で静かに過ごせるかも……と喜んでいるところに、一人の乗客が通路を歩いてくるのが見える。

遠目に見ても、堅気には見えないおっさん。その風貌に、緊張が走る。

初めての一人旅の帰路。残ったお金をつぎ込んで人生初のグリーン車にしたというのに、あんな人が隣に座ったら地獄だな……。

僕はイヤフォンを耳にさしてキャップを目深にかぶると、「どうかあの人が隣に座りませんように」と願いながら胸の前で腕を組んだ。

おっさんはまだ着席せずに、まっすぐに通路を歩いてくる。

マジで無理……。僕は目を閉じて息を止めながら、おっさんの通過を祈った。


右手に誰かが立ち止まる気配を感じる。

寝たふりをしたまま視線を下ろせば、大きな足に雪駄《せった》、黒い作務衣《さむえ》風のズボンが見え、脳内で甲高《かんだか》い警戒アラームが鳴り出す。

ゆっくりと新幹線が動き出した瞬間、荷台に荷物を上げようとしていたおっさんがバランスを崩し、雪駄の大足がむぎゅうぅっと僕の足を踏みつけた。

「いっっ」

声をあげそうになるのを、必死にのみ込む。

「いやぁ、すまん、すまん」

イヤフォンをしているのに、大きな声が頭上から降ってくる。顔を上げれば、祭りで金魚売りのおっちゃんとかが着ているような、襟のないシャツを着た大柄なおっさんが、顔の前で大きな手を合わせている。

「だ、大丈夫です……」

震える僕の声を遮《さえぎ》り、

「いやぁ、おっちゃん、ほんまおっちょこちょいで、ごめんなぁ」

と、おっさんは謝罪を重ね、おもむろに足元にひざまずくと、僕のスニーカーをハンカチで拭き出した。

え……？

何、これ……。

混乱と恐怖で事態を把握できないまま、僕は、おっさんの動きに合わせて動く襟なしシャツの上の二頭の虎の眼光を見つめながら、

「ほ、本当に、だ、大丈夫ですから」

と、乾き切った口から声を絞り出した。

勘弁してよ……と思う気持ちの裏側に、「靴磨いたんやから、金よこせや」とすごまれたらどうしよう？　という不安がよぎる。

そんな想像がするりと立ち上がるほどに、おっさんの容姿はグリーン車には不似合いすぎて、この人絶対に堅気じゃない……と、警戒アラームはまだ鳴りやまなかった。

「隣になったのもなんかのご縁や。自己紹介しようや」

やっと着席したおっさんは、とんとんと俺の肩を叩くと、イヤフォンを外すようジェスチャーで促してきた。新幹線で隣り合わせた相手と自己紹介し合うなんて、聞いたことない……。了解を示す仕草なんて微塵《みじん》も見せてないのに、おっさんは名刺を取り出し、勝手に自己紹介を始める。

「村中昭文《むらなかあきふみ》、言います」

ぐいぐいと差し出される名刺を、仕方なく手に取る。人生で初めてもらった名刺には、村中昭文という名の背景に「一燈照隅《いっとうしょうぐう》」という文字が記されているが、意味はわからない。

「で、君は何て名前なん？」

ここで素直に答えたら会話が続いてしまう……。返事に渋っていると、

「君は何て名前なん？　なんで、一人で新幹線に乗っとるん？」

驚くことに、おっさんは勝手に質問をプラスしてくる。返事を待つ目が近い。しかも、期待の笑みで揺れている。がたいのいい、怪しいおっさんの笑みほど怖いものはないのに。

「……わくです」

「え？　何て？」

聞き返してくる声が、でかい。

「新道湧《しんどうわく》です。新しい道に、水が湧き出るの湧です」

「お〜、めっちゃええ名前やん！　ワクワクのワクちゃんか〜」

笑顔を見せたおっさんに小さく会釈を返すと、僕はキャップを深くかぶりなおした。会話を断ち切る思いを込めてそうしたというのに、

「で？」

と、おっさんの声は当たり前のように続く。

「えっと……」

「せやから、なんで、ワクちゃんは一人で新幹線に乗っとるん？」

ああ、完全におっさんのペースだ……。

そう思いながらも、怪しい容姿とは裏腹に耳に届くおっさんの声は柔らかく、わずかに警戒アラームを緩めた僕は、うっかり口を開いてしまった。


おっさんは、僕の話に無言で耳を傾けていた。そして、僕の言葉が途切れたところで、ゆっくりと口を開いた。

「ほ～、高校生にしてはワクちゃん、大人っぽいなぁ。で？　学校に行かずに引きこもってるまま、夏休みが終わりそうになったところで、父ちゃんと喧嘩して家出してきたってことか？」

「まあ、そんなところです……」

本当は喧嘩なんかしてない。もうずいぶん、父さんとは会話という会話もしてない。

だけど、わざわざおっさんに話すようなことでもないだろ。そう思う僕の耳に、おっさんの声がするりと入り込んでくる。

「長い人生の数年の引きこもりなんて、何でもねぇよ。ワクちゃんの気が済むまで、引きこもったらええやん」

「え……」

引きこもりを、「何でもねぇ」と言う大人にも、「気が済むまでやったらええやん」と言う大人にも会ったことない。

何だろこの人……。

いぶかし気に見つめる僕の視線を横顔で受け止め、おっさんは続けた。

「俺かて、若い頃は、死んでまおうかな、なんて思ったこともあったけどな、今はその時の経験をネタにして、全国でワクちゃんくらいの子ぉらに講演……まぁ、話をして回っとんのやから、人生、何が起こるかわからんよ」

さらりと、死のうと思ったことがあると言い放つおっさんを、僕は不思議なものでも見るように凝視してしまう。しかも、その風貌で全国で話って、怪しすぎるっつうの。いろいろと頭の中が混乱する。

「辛いとうずくまってしまった時に、そのまま腐ってまうか、それを糧にして自分のもんに変えるかは考え方次第なんやで、ワクちゃん」

僕の混乱を遮断して、おっさんの話は続く。

「考え方……ですか？」

「せや。たとえば、辛いことにおうてる今を、今として見るだけやのうて、未来の自分の視点から見てみんのや」

「はあ……」

「辛い場所で、辛い辛いと地団駄踏んどったら、そりゃ息も詰まるやろ？　そうやのうて、未来から今の自分を見る癖をつけてな、いつかこの辛い経験がこやしになる、自分の糧になるって思って生きるとな、乗り越える勇気みてぇのが生まれると思うんや」

いかつい風貌からは想像もつかない、優しい語り口調。僕は自然にこのおっさんに質問を重ねてしまった。

「村中さんは、どうしてそんなふうに思えるようになったんですか？」

「ん～、まぁ、それを話すとなると、長《なげ》え話になるなぁ」

おっさんは、そう言って遠い目をしたかと思うと、

「ワクちゃんは、好きな子、おるん？」

急に目を見開いて、僕の方に身を乗り出してきた。

「は？」

なんでこの人はこう、質問に質問を重ねてくるのか。面食らっている僕に構わず、おっさんは続ける。

「誰かをとことん幸せにしたいと思う気持ちってのは、最終的に自分のことを幸せにすんねん」

そう口にして、おっさんは腕を組む。

「どっから話せばええかなぁ……」

遠い記憶を手繰《たぐ》り寄せるように、視線を宙に泳がせているおっさんの横顔を、僕は不安の混ざる目で見つめた。

第一章

名古屋駅〜浜松駅間

「観念せぃやっ」

水中でのたうつうなぎを両手で絞るようにつかみながら、

「カズ兄《にい》、籠《かご》っ」

と俺は声を張った。水音を立てて近づいてくる三つ上の兄、和典《かずのり》に、大きなうなぎの存在を視線で知らせる。

水面からわずかに持ち上げたぬめぬめとした体を、あうんの呼吸で滑らされた籠に流し入れる。所狭しと数匹のうなぎが動く籠の中で、俺の放ったうなぎは、ひと際太く艶めいている。

「アキ、今日は大漁やなっ」

白い腹に光を反射させてうねる籠のうなぎは、今ぶち込んだ分も合わせて七匹になる。

「ほんまやなぁ。母ちゃん喜ぶなぁ」

頭上でカズ兄と打ち合わせた手のひらは、水中での長い格闘のせいもあり、じんと痺《しび》れるように痛んだ。

川からあがり、顔をにやつかせて家へ向かう道中で、俺は、今日のうなぎ獲りの様子をどうやって面白おかしく母ちゃんに聞かせようかと頭を巡らせていた。

川沿いの坂道を、片手にビーチサンダル、片手に籠を持ってカズ兄と駆け上がる。傾斜がきつくなる山道の中腹に家が見える頃には、川で冷えた足は熱を取り戻し、心臓はバクバクと音を立てていた。

石垣で覆われた古民家の門に、まるで屋根門のように枝を伸ばした松の下をくぐり、

「帰ったでぇっ」

と、庭先から声を張る。

「お帰りぃ。ほんま、アキの声は大きいなぁ。裏におっても、よう聞こえるわぁ」

母屋裏の蔵から出てきた母ちゃんが、

「でやった？」

と期待のにじむ顔で聞いてくる。「お帰りぃ」とセットの母ちゃんの「でやった？」を前に、待ってましたとばかりに俺の鼻の穴が広がる。

「今日は偉いでぇ。大漁も大漁、カズ兄が二匹で、俺が五匹獲ったんや。しかも最後に俺が獲った奴が、見たこともねぇくらいでっけえの」

カズ兄が籠の蓋を開けて中を見せると、

「ありゃ、ほんまやねぇ。こんなん大きいの、大人でも獲れんやん」

大きく目を見開き、母ちゃんは心底感心するようにそう言った。

「でけぇやろっ。こいつ見つけた瞬間、むっちゃでかいってわかってな、俺、足ビンビンに冷えて小便ちびりそうやったけど、絶対に離したらんって踏ん張ってな、十分近く水中でこいつんことつかんどったんや」

「そら難儀やなぁ」

「難儀ちゃうよ。一騎打ちの勝負やねんから、痺れるほどおもろいんや」

母ちゃんは目尻を下げて、うんうんとうなずいとる。

「せやけど、格闘時間長《なご》うなってな、とうとう我慢できずに小便漏れたところで、川の水が変わったんやろな。こいつ、ほえ？　ってな具合に動き鈍くなってな、俺、その一瞬を逃さずにカズ兄呼んでな、アキ&カズのスペシャルタッグで、あっという間に籠にぼこんよ。名づけて、昭文の小便獲りやな！」

身振り手振りを交えて話す俺を横目に、カズ兄は静かに笑いながら、うなぎ獲りの道具を納屋に片付けとる。母ちゃんはゲラゲラ声をあげて目に涙を浮かべ、

「ほんまに、アキは天才やなぁ」

と、俺の頭をぐりぐりとなでた。

「せやけど、こんなにぎょうさんあっても食べきれんしなぁ。母ちゃん今からかば焼きにするけぇ、二人とも風呂入ったら、下のトミばぁんとこ持ってってな」

「うん、わかった」

「ええよ」

返事をしながら俺は庭先で服を脱ぎ、そのまま家裏の五右衛門風呂へ回った。温度も確かめずに風呂に飛び込んだ俺に、

「流してから入れやぁ。またじいちゃんにシバかれんでぇ」

カズ兄は苦笑しながら体に湯をかけ、ゆっくりと五右衛門風呂に入ってくる。水かさが増し、ザザザーと豪快な音を立てて湯が溢れていく様子に、俺たちは声をあげて笑った。

「いやぁ嬉しいわぁ。暑い日が続いとって、ばあちゃんバテ気味やったんよ。これでまた夏を越せそうやわぁ。カズちゃん、アキちゃん、ありがとうねぇ」

小さな饅頭のように、玄関にちんまりと座るトミばぁは、カズ兄と俺に向かって皺《しわ》だらけの手を合わせた。

「誰かに喜んでもらえるって、なんや、ええ気分やな」

「せやな」

「体のここんとこが、あったかくなる感じするなぁ」

胸のあたりをとんとんと叩いてカズ兄を見上げると、

「野生児アキがそんな人間らしいこと言うとはなぁ」

と、カズ兄はニッと笑みを浮かべた。


俺の住む大杉谷《おおすぎだに》は、九十七％が山林で残りの二％が川、人が住んでるところは一％と、人よりサルの方が多い田舎も田舎。で、二％にあたる川は、三重最大の河川、清流宮川《みやがわ》。

「大台や　巴に三つの水上は　熊野に吉野　伊勢の宮川」

西行《さいぎょう》法師が詠んだらしいこの歌のように、三重と奈良の県境にある三津河落山《さんづこうちやま》を起点として、北西は吉野川を経て紀の川へ、南は東ノ川と北山川《きたやまがわ》を経て熊野川へ、そして、北東は大杉谷を経て宮川から伊勢湾へ続いとる。

そして、宮川を谷底にしてＶ字形に生える天然の大杉は、安土桃山時代から江戸時代にかけて、伊勢神宮の式年遷宮《しきねんせんぐう》の時に数回材木を提供する役割を担ったほどの原生林や。

そんな天然の山と川に囲まれた村で育った俺は、六年生になる頃まで、この村で一度も退屈を感じたことがなかった。山には山の、川には川の遊びがいくらでもある。遊びの楽しさを教えてくれる大人も周りにたくさんおったしな。

夏の、早い日の出とともに起き、小学校の同級十二人の中でも、いちばん近所に住むタケルと、眠い目をこすりながら山道を歩く。いく筋もの木漏れ日が落ちる光のトンネルの中を進むごとに、目が覚めていくのがわかる。大きく息を吸い込むと、夜露で湿った葉の匂いが体の中に入り込んでくるような気がした。

「アキ、ぎょうさんおるかな?」

「そりゃおるやろ。大杉谷の昆虫王、矢野《やの》ケンから秘伝の蜜を教えてもろうたんやから、間違いねぇやろ」

「楽しみやなぁ」

田舎育ちだというのに色白で細いタケルは、まるで泣き出す寸前のような顔で笑った。

タケルとは真逆で万年色黒の俺は、日に焼けた腕を伸ばして落ちていた枝を拾い、先を急ぐ。シラカシにコウヤマキにスダジイ。バイケイソウにカワチブシ。まるで自分の家の庭のように山で過ごすうちに、植物の名前は自然に覚えた。毒持ちの植物もあるし、危険から身を守るためにも、覚えておいて損はない。

咲いているヒメシャラを見つけ、帰りに母ちゃんに持っていってやろうと思いながら、

「たしか、あっこのスダジイの木の奥や」

と声を張る。昨日、矢野ケン秘伝の蜜をぬったクヌギを目指し、枝で低木を払いながら森へ分け入っていく。葉が生い茂り光の届かなくなった山奥は、まだわずかに夜の気配が残っとる。俺は飼い犬の柴犬、マシロを連れてこなかったことを後悔した。

深い山奥を歩く時、先を行く犬が急に吠え出し、進むのをやめてクンクンと恋しそうに鳴いて戻ってくる場所がある。この先は神の域で、人間が入ってはいけないと犬の野生が感知する、「犬戻り」の場所だ。後悔しても仕方ないと、俺は足元にある石を拾うと、木の幹を削って目印をつけながら、先へ進んだ。

一歩進むごとに、大量のカブトムシを獲れるかもしれないという期待と、蜜をぬったク

ヌギを見つけられずに迷い、戻れなくなったらどないしようという不安が、天秤のように揺れ動く。

それでも、泣き虫のタケルの前でビビっているところなど見せられんと、俺は胸を張って歩いた。高く鳴く鳥の声に頭上を見上げれば、屋根のように広がる梢《こずえ》の隙間から、明るくなった空が見える。

「ひっ」

背後から聞こえたタケルの悲鳴に、

「なんや、タケ？　女みたいな声出すなやっ」

憤慨《ふんがい》気味に振り返ると、タケルは肩を縮めて震える指先を山奥に向けている。ゆっくりとその指先をたどれば、幹が真っ黒に染まった大きなクヌギが、緑深い森の奥にそびえとった。

昨日、あんな黒い木なんてあったか？

そう思いながら近づいていくと、その黒い幹がわずかに蠢《うごめ》くのが見えた。乾いた唇を舐め、さらに一歩踏み込んだ瞬間、その蠢きが下腹部に伝染して、ごくりと喉が鳴る。

「……カブトや」

そう呟くと同時に、俺はその黒ぃ木を目指して走った。

「ま、待ってよ、アキ〜」

半べそで追いかけてくるタケルに、

「いつまで女みたいな声出しとんのやっ」

と返しながら、俺はドキドキと跳ねる自分の胸を叩ぃて活を入れた。

近づいて見上げれば、大樹の幹を、数えきれないほどのカブトムシが覆っている。

「えらいこっちゃ」

木漏れ日が前ばねを照らし、あちこちで宝石のように煌《きら》めいている。

「で、でっかいねぇ。ぼ、僕の手より、お、大きいみたいや」

タケルはどもりながらも、声に興奮をにじませる。

手を伸ばしてつかんだ一匹を手のひらに載せ、目の高さに掲げる。そそり立つ大きな角。手の上にいるというのに、ゆったりと動じないその姿は、昆虫の王様そのものだ。

「お前大きぃのぉ。もしかして神さんの子ぉか？」

こんな大きなカブトムシは見たことがない。カブトムシは無言のまま、手の上で堂々とした風格を漂わせる。

どこか神々《こうごう》しささえ感じるその姿を、呆《ほう》けたように見つめる俺の隣で、

「アキ、も、もっと、大きい籠持ってくればよかったね」

と、タケルはもう自分の虫籠をいっぱいにして、後悔を口にした。

「また来たらええやん」

「そうやね。今度は、太一《たいち》も、弘君《ひろし》も、誘ったげようや」

「せやな」

俺たちは、虫籠が真っ黒になるくらいにカブトムシを詰め込み、網にも入れられるだけ入れて、ツルマメの蔓《つる》でその口を結んだ。そして、まだ黒く蠢くクヌギを見上げて手を合わせ、目印の木をたどりながら山を下りた。

黒木が蠢いた瞬間のぞくりとした感覚を、どうやって面白おかしく母ちゃんに話そうか思いを巡らせながら、この立派なカブトムシを見て歓声をあげる友だちの顔を思い浮かべると、興奮で体が熱くなった。

「アキ、恵吾《けいご》、今日はなんか仕事したんか？」

家の前に住む一つ上の従兄、村中恵吾と中庭の大岩に登って遊んでいた俺は、腹に響くじいちゃんの声にびくりと腰を浮かし、危うく転げ落ちそうになった。

広い家のどこにじいちゃんがおるかを感知する能力が、暑さのせいで鈍っていたことを悔やみながら、

「……まだしとらん」

と小さな声で答える。

怖いものなどない俺にとって、明治生まれの祖父、村中泰然《たいぜん》の存在だけは別だった。

じいちゃんは、若い頃から懸命に働き、裸一貫で山林事業を起こした人。歳を重ね、麻の着流しから覗く胸元は薄くなってきていても、じっと俺を見据える目は衰えを感じさせずに強い光を放つ。

「働かざる者食うべからず」

じいちゃんは鋭い視線のまま村中家の家訓を口にすると、部屋の奥へ入ってしまった。

「相変わらず怖いなぁ」

苦笑する恵吾にうなずいて大岩を下りると、俺たちは渋々表庭に回った。

充分に乾いた杉の木を選び、薪割台《まきわりだい》へ運ぶ。恵吾は物置から取ってきた軍手を俺に放る

と、「手伝うわ」と、裏の納屋に斧とチェーンソーを取りに向かった。

汗を垂らして薪を割る俺たちの様子を、じいちゃんが見に来ることはない。なぜなら、いくつもの部屋がある村中家のいちばん奥の自分の部屋にいながらにして、その家の者たちが何をしているのかを把握する能力に長けているから。八十歳を前にしてもなお衰えを知らないその野性的感性は、俺にとってめんどくさいことこの上ない。でも、じいちゃんの存在そのものが、村中家の太い軸になっとることは間違いなかった。

実際、嫁に来た母ちゃんは、実の子の父ちゃんよりもじいちゃんを敬っとる。それに、村の多くの人たちがじいちゃんに悩み事を相談しにくる姿を何度も見てきた。村で困った人がいれば、率先して体や知恵や、時にはお金を惜しみなく使う姿も見てきとるから、じいちゃんが、ただ威張って家の中を牛耳《ぎゅうじ》っているわけやないことは、子どもながらによくわかっとった。

この人は何かが違う。

怖さの混ざる憧れを抱いた初めての大人が、じいちゃんであった俺にとって、

「アキは、お父さんによう似とるわ」

「昭文君は、泰然さんの血をよう引いとるわ」

と、母ちゃんや親戚のおっさんたちが言うのは、褒め言葉でしかなかった。

とはいえ、面と向かってじいちゃんと対面するのは肝が縮む。

だから俺は、家のどこにじいちゃんがいるかとアンテナを張り巡らせる習性が身につき、出会った瞬間に雷が落ちることのないよう、自分でもできる仕事を探す癖がついた。

玄関掃除に、納屋掃除。洗濯物を取り込んでたたむことも、母ちゃんが作ったおかずを近所に配り歩くこともしょっちゅうやったし、汲《く》み取り式の便所から排泄《はいせつ》物をかき出して畑にまくのも率先してやった。

中でも、薪割や五右衛門風呂焚きは得意やった。

せっかく乾かした木が湿気《しけ》らんよう、晴れた日にたくさん薪割をしては、雨に濡れんよう軒下に積んでいく。この作業は、どこか貯金しとるようで嬉しかった。

五右衛門風呂を沸かすのにも、頭を使う。

薪は、乾燥すればするほど火がよくつく反面、長くは燃えん。やから、初めに乾燥した杉や枝を放って、火がかんかん燃えたところで、水を含んだ桜の木やとちの木なんかの、目の詰まった重たい木を窯《かま》に放る。すると、水を含んだ雑木は二時間でも三時間でも燃え続け、しばらく木をくべんでもよくなる。

めんどくさいと思うことはあっても、日々家の手伝いをする中で知恵を絞って効率を考えるのは、単純に面白かった。

片道四十分はかかる小学校への道のりを、雨の日も、風の日も、干上《ひ》がりそうに暑い日も、傾斜の多い山道の通学路を歩いて通う。

目の下を流れる宮川の色や、山を彩る何色もの緑。

耳に届く虫や動物たちの鳴き声で、そろそろ山いもが出てくる、そろそろフキノトウが出てくるなんてことがわかり、四方八方を山に囲まれた谷に湿気を含んだ風が流れ込めば、西側の山の霧が上がって雨が降り始めることも予測できた。

雲の動き、風の匂い。五感で感じる自然の変化を楽しみながら、俺は毎日学校へ通った。

登校中はいつも、一台のカブに乗って新聞配達をする、清瀬《きよせ》のじいちゃんとばあちゃんとすれ違う。この老夫婦は、家々に新聞を配るついでにおしゃべりに興じるせいで、七時台だというのに連日、カブの前籠にパンパンに朝刊が詰まっとるという有様だ。

「じいちゃ〜ん、それ全部配り終わる頃は、夕刊配る時間になるでぇ」

「ほんまやなあ」

「アキちゃん、いってらっしゃあい」

ほんまにエンジンがついとるんやろうか？　そう疑ってしまうほどの速度で通り過ぎていく清瀬のじいちゃんばあちゃんに笑って手を振り、俺はまた学校を目指す。

そして、家と学校の中間地点にある小さな床屋の時計を見て、アカンなと思えば小走りし、相当アカンなと思えばダッシュを始める。

誰よりも早く学校に着きたい俺は、毎朝懲《こ》りずに走り続けた。そんな日常は、知らず知らずに広範囲から集まる全児童の中でいちばん速く走れるほどの脚力を身につけさせた。


小学校でリーダーになれる条件は二つだ。

しゃべりがおもろい奴と、足が速い奴。

そのどちらをも兼ね備えとる俺が小学校でリーダーになるのは、必然のことやった。

森に入れば、誰よりも早く木に登ることができ、虫取りも山菜摘みもお手の物。大人と一緒に狩猟に出かけ、さばかれる鹿をじっと見つめては、焼きあがった鹿肉をむしゃむしゃと食べる。

川で遊べば、大人でもひるむような高い場所から飛び込むことができたし、鮎獲りもうなぎ獲りも、泳ぎだって、同学年の誰にも負けることがなかった。

そして、母ちゃんを笑わせるためにしゃべり倒してきた日々が功を奏してか、俺がひと言ふた言しゃべれば、教室にどっと笑いが起きた。

小学校という狭い世界で、何でも俺がいちばん、と確信するのに時間はかからんかった。三つ上のカズ兄が中学に行ってからは、好き放題する俺を止めるものがいなくなり、四年生からの三年間は俺の天下。

「太一、お前のその腹には、いったい何が詰まってそないパンパンなんや？　太いのがいちばんって名前のまんまやなぁ」

「おい、恵美子《えみこ》っ、お前女のくせに、背ぇ高すぎるやろ？　小野《おの》やなくて、大野《おおの》って苗字に変えた方がええんちゃうか？」

俺の発する言葉に、クスクス、ケラケラと笑いが起こるたび、俺はさらに調子にのった。

「実際、アキはクラスのムードメーカーや。せやけどな、何でもかんでも、好きに言葉にしてええってわけやないやろ。もう最高学年なんやし、も少し、友だちの気持ちも考えんといけんのとちゃうか？　実際、アキの言葉に傷ついてる子ぉもいるんやし……」

担任の松丸《まつまる》先生にそう諭されても、俺は何を言われとるのかわからんかった。

嫌なら嫌。そう思っとるのに言葉にせんのは、そいつが悪い。幼稚園から同学年十二人、家族同然できたっちゅうのに、嫌なことを嫌と言えんのは水くさすぎる。

俺は本気でそう思っとった。

それに、家に帰れば母ちゃんはいつでも「アキは天才やわぁ」と褒めてくれる。俺は当たり前のように、「俺は天才」「そのへんの奴らとはちゃう」と強く信じ込んでもいた。


大杉谷のＶ字形渓谷《けいこく》から望む空は、細長くて狭い。日の出を拝むこともなければ、日照時間もひどく短い。ましてや大杉谷は屋久島と肩を並べるほどよう雨が降る場所で、細かい雨が長く降る日もあれば、荒れ狂うほどの大雨に見舞われることもあって、山全体が霧や靄《もや》に、すっぽりと包まれてしまうことも少なくない。

でも、宮川で鮎やアマゴを追いかけながら、ふと目も覚めるほどの青空を見る時、俺はどうしようもなく幸せな気持ちになる。

ここが俺の住むところやねん。

そう思って、誇らしい気分になるんや。

梅雨を越したエメラルドグリーンに輝く宮川の清流は、水中になびく藻が見えるほど、透明に澄んどる。

チビの頃は、手づかみか、短い竹竿の先に針を固定して水中を覗きながら獲る、宮川伝統漁法「しゃくり漁法」で鮎を獲っとったけど、遊びの幅を広げるため、俺はカズ兄とタケルと一緒に、大杉谷の鮎獲り名人、宮辺《みやべ》のおっちゃんに、長竿を使った釣りを教わりに来とった。

おっちゃんは、生きた鮎をオトリにして泳がせながら、エサ場の侵入者を追い払う鮎の習性を利用し、近づいてきた鮎ともども釣り上げる「友釣り」の名人。おっちゃんは元気なオトリの見分け方や仕掛けのつけ方、オトリ鮎の鼻の穴に環を通す「ハナカン」や、尻ビレのつけ根に打つ「逆針」のつけ方を実践して見せると、オトリ鮎を川に放った。

「オトリ置いたら待つんや。待つことができんと、釣りはうまくならんで」

そう言ったくせに、おっちゃんは間もなく竿を引き寄せ、弧を描いて飛んできたオトリ鮎とかかり鮎の二匹を、シュパッと左手の網でキャッチした。

「見事なもんやなぁ」

そう感心する俺に、おっちゃんはにやりとまんざらでもないらしい笑みを浮かべる。

「年季が違うけぇの。獲れたらな、かかり鮎をオトリ鮎に交換してな、また放るんや」

無骨な手を器用に動かしてオトリ鮎の交換を済ますと、おっちゃんはまた川にオトリを放った。その一連の動作は流れるようで、惚れ惚れしてまう。

「鮎がどこに縄張りをはっとるか見極める川読みの目も大事や。先に釣り人がおったとこを避けるのも一つ。鮎のハミ跡を探すのも一つ。あとは長年の勘やな」

「ハミ跡って何なん？」

「鮎は石についた藻を削るように食うから、奴らが群がった石は跡が残るんや。その跡で鮎の大きさもわかるんやけど、今年は水温が低いけ、小ぶりやろな」

「ほぇ～。おっちゃんは物知りやなぁ」

「でかい声出すなや、アキっ。鮎は天敵の鳥が来んかって、水上見上げとるんやから、気配消すのも大事なんや。それに、奴らの住処《すみか》に邪魔させてもろうとるんは俺らの方なんやから、謙虚な気持ちは忘れたらあかんで」

宮辺のおっちゃんは小声でそう言うと、

「まぁ、大杉谷歴はアキより五十年は長いけぇ、自然からもろうた知恵の量が多いのは当たり前やなぁ」

と、黒い顔に刻まれた皺をたゆませた。

「十一の俺らより五十上なら、宮辺のおっちゃんは六十一やね」

「馬鹿にすんなやタケ。そない簡単な計算、俺かてできるわっ」

俺はタケルの頭をはたこうと手を振り上げ、音を出したらあかんと思いとどまると、代わりに強烈なデコピンをタケルの額に放った。

「っつぅ……」

額を押さえてうずくまるタケルを見下ろし、

「やりすぎやろ」

と俺をにらんだカズ兄に鼻を鳴らすと、俺は忍び足で宮辺のおっちゃんの後を追った。

自宅に戻り、風呂に入ってから、カズ兄と俺は塩焼きされた鮎を持って近所を回った。

香ばしい香りに、腹の虫が盛大に鳴る。

「カズ君、アキ君、いつもありがとうね」

「お母ちゃんにも、よろしゅう言うてね」

家々で感謝の言葉と土産をもらって家路を急ぐ頃には、ついさっきまであった山と空の境界線は消え、村は深い闇一色に染まっとった。

ペタペタと鳴るビーサンの音に重なる虫の音は、民家と民家の間で闇が濃くなるたび、耳に近くなった。

数えるのも不可能なほどの星が、すり鉢状の山によって細長く切り取られ、天の川を超えて天の海のように頭上に浮かんどる。

「星が多て、なんや、夜空が呼吸しとるみたいやなぁ」

横を歩くカズ兄は、顎《あご》を上げて空を見上げると、

「アキはおもろいこと言うな。そない言われたら、何やそう見えてきたわ」

と静かに笑った。

「何べん見上げても、全然見飽きんな」

「そうやな」

「おっ、流れたで」

「あっちもや」

流れた星を指す二本の腕が、闇に白く浮かぶ。

「星が流れるたびに願い事言うてたら、俺ら、何も欲しいもんなくなるな」

「ははっ、ほんまやなぁ」

深い闇に目が慣れてしまえば、夜への恐怖は和らぎ、そこここに、ぼわん、ぼわんと発光するホタルの存在にも気づくようになる。一匹のホタルに呼応して無数の光が点滅し、闇に潜んでいた景色を浮かび上がらせる。

「ホタルも見飽きんな」

「せやな」

「空にも地にも、星の海やなぁ」

「せやな」

俺たちはペタペタと二つのビーサンの音を響かせ、星々とホタルの光を浴びながら夜道を歩いた。

季節が変わり、紅葉が始まり狩猟が解禁になると、俺は大杉谷のハンター、竜一兄《りゅういち》ちゃんと山へ出かける。実家で銃の卸をしている竜一兄ちゃんは、中学の頃から銃を扱っとる狩猟の名手で、海外から入手した、世界最強の威力を誇る狩猟用ライフル「ウェザビーマークV《ファイブ》」なんかも持っとる、俺の憧れだった。

竜一兄ちゃんは、宮川の対岸の木に大きなハチの巣を見つければ、

「アキ、見とけや」

と、数十メートル離れた場所から一発で巣を打ち落とし、

「いい散弾銃が入ったんや」

と言っては、その威力について情景が浮かぶように話してくれた。

初めて竜一兄ちゃんの狩猟についていったのは、小学校にあがった年の秋。

ザクザクと落ち葉を踏み、力強い足取りで険しい山を登っていく竜一兄ちゃんの後を、ドキドキと胸を高鳴らせながら歩いた。

怖いもの見たさで興奮しとる俺の胸の内には、「やっぱり帰りたい……」と言いそうに

なる弱さもあって、張り詰めた緊張のせいか、馴染んだ山道の景色がいつもとは別もんのように見えた。

それでも、一人では戻れん山深い場所まで来てしまえば諦めるしかない。竜一兄ちゃんが歩みを止めて腰を低くすれば俺も腰を低くし、息をひそめて一点を見据えれば、俺も息をひそめてその視線の先を追った。

俺は竜一兄ちゃんの左手後方で身をかがめる。銃を構えた兄ちゃんが高音の鹿笛《ししぶえ》を鳴らしてしばらくすると、十メートルほど先の薄暗い杉林の合間に、一頭の鹿が姿を現した。

小さな顔の愛らしい生き物に、竜一兄ちゃんが黒々とした銃を向けている光景は、俺の頭を混乱させた。音を出して、鹿を逃がしてやりたい衝動を、俺はじっと目を凝らすことで堪《こら》えた。

緊張と混乱の先で、ターーン!! ターーーーーンッ!! と乾いた銃声が響き、倒れた鹿が、葉音を立てて斜面を転げ落ちてくる。

息絶えてもなお黒く丸い目を開けている鹿は、俺に強い衝撃を与えた。

怖いのとは違う。悲しいと、可哀相と、嘆く気分とも違う。

ただ、一つの命が終わったんやということを見つめとる。そんな感覚だった。

撃たれた鹿に触れてみると、まだ温かい。でも、見開いた目は瞬きもせず、草の上に横たわる体はピクリとも動かなかった。

その矛盾を前に、俺はその場で小便を漏らした。

すぐに頸動脈《けいどうみゃく》を切って、血抜きを済ませた鹿を竜一兄ちゃんが背負って歩く。その後ろを、俺は言葉少なに追った。

ぼんやりとした頭の中で、小便で濡れたズボンと靴を、家の誰にも見られずに洗う方法を考える。じいちゃんに知られて、弱虫だと思われたくない。

「竜一兄ちゃん、あんな……、ちびったこと、誰にも言わんでほしいんや」

家が見えたところで、やっとそう口にする。

「心配すんなや」

銃を構えた時の、怖いくらいの横顔とは別人のような柔らかい笑みを浮かべ、竜一兄ちゃんは俺の頭をなでた。

家の庭で鹿の皮を剝《は》ぎ、本格的な解体が始まる。

腹にぐっと力を入れておかなければ、またちびってしまいそうな作業を、竜一兄ちゃんは淡々とこなしていく。手際よくさばかれていく鹿は、つい少し前までは森を走ってたんやな……。

そう思うと、胸に靄がかかるような気持ちになった。せやけど、竜一兄ちゃんと母ちゃんが焼いてくれた鹿肉は、驚くほど美味しかった。

噛むほどに甘さを感じる鹿肉を飲み込むたびに、鹿が俺の一部になっていくような気がする。それは、鮎やうなぎを獲って食っても抱くことのなかった、不思議な感覚だった。

「アキ、美味《うま》いか？」

「うん」

「獲ったばかりの肉を食うと、命をもらっとる感じがズバーンと体に入り込んでくるやろ？　やけどそれは、店に並んどるパック入りの肉かて同じや。どっちも、感謝して食わなあかんで」

炎に照らされた竜一兄ちゃんの横顔を見上げながら、俺は大きく顎を引いた。

火の近くにいたせいか、いつの間にかズボンも靴も乾いていた。

あれから五年目の秋。「僕も行きたい」と言うタケルを連れて、俺たちは初めて三人で山に登った。

勾配の激しい急斜面を登り、竜一兄ちゃんが止まった場所の後方で、いつものように息をひそめて待つ間、タケルは、額に浮かんだ汗を何度もシャツの袖で拭《ぬぐ》っていた。

「大丈夫か？」

小声でそう訊《たず》ねると、タケルは「大丈夫」と消え入りそうな声で答えたものの、汗は止まらず、右手はずっと俺のシャツの裾をつかんどる。

「今からでも、下りるか？」

そう訊ねようかと口を開きかけた瞬間、

「おったで」

と、竜一兄ちゃんの声が聞こえ、ピンと静寂が張り詰める。

腕を伸ばし、ゆっくりと動く鹿を指してタケルを見ると、コクリとうなずき返してくる。

前方十メートルほど先にいる鹿はじっとこちらを見つめとる。そして、微動だにしない俺たちへの警戒を解いてわずかに動いた。

木立の合間に、鹿の胴体がしっかりと入るのが見えた瞬間、竜一兄ちゃんの銃が音を立て、大きな鹿がゆっくりと倒れていくのが見えた。

近づき、「三段角や！」と竜一兄ちゃんが立派な角を持ち上げ、目が開いたままの鹿の顔が見えた瞬間、背後でドサリとタケルが崩れ落ちた。


鹿を担いで下山する竜一兄ちゃんの後を、俺はタケルを担いで歩いた。

「ヘタレが。こんなんなるなら、ついてこなきゃよかったやねえかっ」

ブツブツと文句を言いながら山を下りた次の日、俺はそのことを、学校で面白おかしく話した。

タケルは、いつものように泣き出しそうな顔で笑っとった。

そして、次の日から学校へ来なくなった。


二日たっても、三日たっても、タケルは来なかった。

先生は「風邪で休んどる」と言っとったし、俺は事実を話しただけやと思っとったから、謝りに行こうという思いはまったくなかった。やけど、同級の背の高い小野恵美子が、ま

っすぐ俺の目を見据え、

「アキは、何でもできるけど、人の心は見えんのやね。タケルが風邪で休んどるって、ほんまに思っとるん？」

と言った瞬間、俺の胸は少しだけチクリとした。

それでも、一週間してタケルが普通に登校してくると、俺はあっという間にそのことを忘れ、謝ることもせずに過ごし、そのまま冬休みに入った。


「学校はそのまま一緒やけど、これからは、他の地域の子ぉらも増えるし、こうしてみんなで集まることもようできんやろうから、今晩は、みんなでご飯食べにおいでや」

小学校の卒業式。母ちゃんはそう言って、俺の家に同級生を呼んでくれた。

母ちゃんと住み込みのお手伝いさんとの二人で作られた大量の料理は、俺たちの腹の中に、あっという間に収まった。

「なんや、胸の真ん中あたりがぽっかり空いたような気分ですわ」

大杉小、六年担任の松丸先生が母ちゃんの前で首を垂れている周りでは、満腹になった十二人の卒業生がぎゃんぎゃんと騒ぎまくっとった。

入学時からの俺のアルバムを見て「懐かしいわ〜」と肩を寄せ合う女子とは違い、男子は家のあちこちを使ってかくれんぼに興じている。

「アキん家は、ぎょうさん部屋があって、迷路みたいで楽しいなぁ」

「あんなでかい庭石見たことないわ。うちの車より大きいんちゃうか？」

初めて俺の家に来た誠《まこと》は、興奮気味な声をあげる。

「中学行ってからも、またいくらでも来たらええよ。俺らは兄弟同然なんやから」

みんなの笑顔を前に、俺は得意げにそう答えた。共有した時間が長ければ長いほど、その繋がりは強くなると、疑いもなく信じとった。

満開に近づいた庭の枝垂《しだ》れ桜の上には、満ちた月が浮かんでいた。

◆

時速三〇〇km近いスピードで流れていく景色を横目に見ながら、いつのまにかおっさんへの警戒心が消え去った僕は、思わず呟いた。

「犬戻りの話とか、鹿を撃ち殺すとか、なんか想像つかないです……」

「ワクちゃんからしたら、そやろなぁ。せやけど、そんな山深い村で暮らしとったから、俺、すっかり自給自足できる力がついたと思うんよ」

「自給自足の力？」

「せや。もし今、急にワクちゃんと俺が無人島に行くことになったら、間違いなくワクちゃんより俺の方が生き延びられると思うで。俺は魚とか、鹿とかイノシシを獲ることができる。火を起こして食うこともできるし、山で山菜を見分けて採ることもできる。寝る場所を作ることかてできんで。身の危険を察知する能力かて、ワクちゃんに負ける気せえへんもん」

「たしかに、僕はそのどれもできないと思います……」

「何しろ、不便極まりない山奥やったけどな。そこで育ったことが、俺の最大の宝だって言ってくれた人もおったしな」

「ところで、さっき僕に『誰かをとことん幸せにしたいと思う気持ち』とかって言ってましたけど、そういう誰かがいたんですか？」

「そやそや、それが、こっからの話やねん」

ふっと笑みを漏らすと、おっさんはゆっくりと語り出した。

第二章

浜松駅～新富士駅間

同学年、たった十二人で過ごした大杉小学校から、俺は、四つの小学校が統合された宮川中学にあがった。長くなった授業時間と家からの距離とで下校が遅くなるから、家の前に住む一級上の従兄、恵吾とのバス通学が始まる。

家に帰れば、薪を割って五右衛門風呂を沸かし、便所掃除ついでに、汲み取った排泄物を畑にまき、母ちゃんの手作り料理を近所に配り歩く。

そして、山遊びも川遊びも年々充実度を増していき、カブトムシは幼虫の段階で大量に捕獲して家の納屋で飼育し、成虫になったところで近所の小学生にあげたり、的屋のおっちゃんらに売るようにもなった。

月の見えん蒸し蒸しした夜にうなぎが騒ぐということを知ってからは、その夜を狙って罠を仕掛け、夜になってから獲りに出かけるようになったし、鮎の友釣りも、宮辺のおっちゃんから褒められるくらいに上達した。

秋には相変わらず竜一兄ちゃんと狩猟に出かけ、仕留めた鹿を部位ごとにさばくのを手伝えるようになり、遊びの幅も手伝いの幅も広がっていった。

メリメリと伸びている感覚がわかるほどに背が伸び、体のいたる所に毛が生えた。声が変わったと近所のおっちゃん、おばちゃんに言われるようになり、中学一年の正月には、玄関の「笑門」と書かれた神宮のしめ縄飾りを腕を伸ばしただけで交換することができた。

やけど俺は、二年生の六月、胃腸炎にかかり数日学校を休んだことから、「いじめ」を経験することになる。

体調が回復し、久しぶりに登校してみると、世界が変わっていた。

何か変や……。ざわりと、言い知れぬ感触が胸をかすめていくのを無視して、「えらいしんどかったで」「上からも下からも、そりゃ洪水のようにな……」と胃腸炎の辛さを語る俺の声に、誰の反応もないことに首を傾《かし》げながら、一、二時間目を過ごした。

休み時間に入り、クラスでいちばん仲のいい浩介《こうすけ》の席へ向かった。

「いやぁ、まじで胃腸炎きつかったわ」

近づいていく俺を素通りして、浩介は周囲にいた何人かと目配せをして教室を出て行こうとする。

「おい、なんやねん?」

追いかけた廊下で、浩介の肩をつかんだ手は払われ、問いかけは、答えがないまま宙に浮かんで、消えた。

何が起きたかわからず、俺は廊下にたたずみ、薄汚れた上履きを見下ろした。六月やというのに、冬の寒さが足裏を伝って体にはい上がってくるような気分だった。

疑いが確信に変わるのは、一日とかからんかった。

給食の時間になると、一緒に食べていた奴らは、俺の入るスペースがないように席を作り、背中や視線で俺の進入を遮断した。

「なんやねんっ。俺何かしたんか?」

またしても俺の問いに返事はなく、にやにやと視線を交わしながら、俺がその場を離れるのを待つ空気が漂う。周囲を見渡せば、他のグループの奴らも曖昧に視線をそらすだけ。

人生で初めて、俺は一人で弁当を食べた。

味のしない弁当をなんとか飲み込むことができたんは、怒りのせいやったと思う。

俺が何をした?

こんなことして、ただで済むと思うなよ……。

食べ終えた弁当の蓋を乱暴に閉め、ガタンと音を立てて席を立つと、教室中の会話が止んだ。そして、俺が廊下へ出て歩き出すと、後方からくすくすと笑い声があがった。

階段をかけ下り、誰もいない昇降口の隅に崩れるように座ると、大きなため息をつく。

チャイムが鳴っても、俺は立ち上がることができんかった。


その後保健室で休んでいた俺を従兄の恵吾が迎えに来てくれた時には、四時を過ぎていた。恵吾と一緒に、バスに乗り込む。一級上で受験前の恵吾が参考書片手にバスに揺られとる隣で、俺は窓に額をつけて大杉谷の山々を見つめながら、今日起きたことを、何度も何度も繰り返し思い返した。


「でやった?」

笑顔で出迎えた母ちゃんに何も返せなかったのは、その日が初めて。

「……久しぶりで、なんや、ちょっと、疲れたみたいや」

やっとのこと言葉を絞り出すと、俺は部屋にこもった。

翌朝、朝食を残した俺に母ちゃんが何か言いたそうにしとったけど、

「なんや、胃が小さくなったみたいや」

と適当な言い訳をして、俺は家を出た。


どんよりと厚い雲で覆われた空は、まるで俺の心のように灰色一色や……。

バスに揺られながら、隣の恵吾に何度も不安を吐き出しそうになるたびに、俺はそれをぐっと飲み込む。学校に着いたら、「アキ、びっくりしたやろ?」「ひっかかったな〜」と、みんなが笑って迎えてくれるという期待を、俺はまだ拭えんかった。


鉛のように重い足を運んで教室を目指し、ぐっと腹に力を入れて教室に入ったところで、俺の期待は木っ端微塵に砕け散る。それまで、あちこちであがっていた笑い声が、俺の入室とともに消え失せ、シンと静寂が教室に張り詰める。

やっぱり俺は無視されとるんや。

強くなる確信に比例して、全身から血の気が引いていく。

いつだかの川遊びで、血を吸って肥大したヒルが俺の体に点在しているのを見つけた瞬間の恐怖が蘇る。あの時は大声を出して正気を保った。せやけど、今の俺はそれができん。

きつく唇を噛んでなんとか正気を保ち、俺は自分の席を目指した。

二学期になると、無視という無言の制裁に嫌がらせが加わっていった。制服や体操着を切り刻まれ、俺の机は毎日のように三階の教室から庭へ投げられ、それを担いで教室へ向かうのが日課になった。

いったい、いつまでこれに耐えなあかんのや……。

その答えを知りたいのに、怒りを持続して戦うことも、問いの答えを探すことも、俺にはできんかった。プライドが傷つくたびに、野生児な俺のエネルギーが消耗していくのがわかる。

辛い毎日の中にいても、俺は学校から帰ると母ちゃんに一日のことを報告した。無視と嫌がらせを受ける日々の中、想像力をフルに使って、あることないこと、経験したかのように話して聞かせる。苦しい嘘を重ねていたというわけや。

「ほんまにアキは、人を喜ばす天才やなぁ」

母ちゃんの笑顔をまっすぐに見られないまま、季節は冬へ向かっていった。

でも、恵吾はさすがに気づいたようだった。「お前、学校で無視されとるんか?」と俺の顔を覗き込むと、畳み掛けるように声を荒らげた。

「なんで先生に言わんのやっ。お前大丈夫なんか?」

ともに下校するバスの中、恵吾から向けられる問いに俺は返事ができない。

「大丈夫なわけ、ないよな……」

心を殺して、感情を殺して日々をやり過ごす中で、俺は自分の本当の気持ちを見失いつつあった。

「恵吾……俺な、自分が、大丈夫か大丈夫じゃないかは、もうわからんのや……」

窓の外に向けながら吐き出した言葉に、隣にいる恵吾が身を固くしたのがわかった。

「そんなふうに言うなや……。お前、自分から先生やおばちゃんに言えんのやろ? やったら、俺が言うたろか?」

首を横に振る俺に大きなため息をついた恵吾の隣で、俺はバスの窓に額をつけ、眼下を流れる宮川を見つめとった。

一人ではどうにもできんことをわかっとっても、助けを求めることはできん。みんなから無視されていることを、家族に知られとうない。特に、俺の存在のすべてを肯定してくれる母ちゃんの心に、傷を負わせたくないんや。

恵吾が中学を卒業し、庭の枝垂れ桜が満開を過ぎる頃、俺は三年生になった。無視が始まって一年近くが経ち、俺はいよいよ母ちゃんの作る弁当を、残して帰るようになった。

「あんた最近どうしたん？　弁当よう残してきよって」

心配顔の母ちゃんに、俺は休み時間も勉強してるだの、女の子が弁当を作ってきてくれるだのと、ふざけた言い訳をしてごまかした。そやけど、そんな俺の言葉を母ちゃんが信じるわけがなかった。

「お前、母ちゃんに、嘘言うんか？」

母ちゃんの声が変わったのがわかる。

「家族の中に、嘘、持ってくるんか？」

詰め寄ってくる母ちゃんは、俺より小さくなっとるというのに、気迫負けしてしまう。

「ちょっと、腹の調子が悪かったり、忙しくて食えん日が続いただけや。女の子が作ってくれるっちゅうのは、願望やけどな」

おちゃらけてそう返しても、母ちゃんの据わった目はびくともしない。

「そう勘ぐるなって。もう残してこんから……」

捨て台詞を吐いて部屋に向かう背中に、「アキっ」と母ちゃんの鋭い声が刺さる。俺は逃げ込むように部屋の襖《ふすま》を閉めた。

母ちゃんに心配をかけたくなかったなら、残した弁当をどこかで処分すればよかったんや……。やけど、俺にはそんなことはできんかった。じいちゃんや父ちゃんや母ちゃんをはじめ、毎年狩猟に連れ出してくれる竜一兄ちゃんや、友釣り名人の宮辺のおっちゃん、それに、これまで俺に大杉谷の自然の中で過ごす知恵を教えてくれた人たちから、俺は食べ物を粗末にしたらいかんということを、散々教わってきたんやから。


眠りの中にいるのに、人の気配を感じる。

薄目を開けると、枕元にぼわんと人形《ひとがた》が浮かぶ。ぎょっとして目を見開くも、俺は動くことができんかった。見たこともないような、光の宿らん目で俺を見下ろす母ちゃんの手には、包丁。唾をのみ込むと同時に、包丁の刃先がきらりと光る。

「……母ちゃん？」

　闇の中、かすれた声を出す。

「アキ……、あんたのことを大事に育ててきて、何でも話して、何でも知ったつもりでおったけど、あんたは嘘を貫いて、母ちゃんを裏切るんやな。家族の中に嘘を持ってくるような子に育てたんわ、母ちゃんの責任や」

　切羽詰まった母ちゃんの声にビビって体を起こすと、母ちゃんは包丁を捨て、俺の頬を張ってきた。小さな母ちゃんが何度も体当たりしてくる姿に、俺は涙腺を崩壊させる。

「あんたが母ちゃんの腹ん中におる時な、母ちゃん神さんに誓ったんよ。今この赤ん坊は、私の腹の中、全部が見えるところにいます。そいでも、外に出たら見えんようになる。やから、こん子が生まれたら、いっぱい抱いて、触れて、話して、いつでも私の腹ん中を見せるようにします。嘘のない私全部で、こん子に向き合って、ぶっとくて、頑丈な絆を結びますってな……。アキ、嘘はもうええよ。あんたの腹ん中、全部見せぇや」

　笑い泣きではない母ちゃんの涙を見たのは、その夜が初めてやった。

　ここでさらに嘘を重ねたら、母ちゃんの信頼を失ってまう。

「母ちゃん、あんな……」

口を開いてしまえば、あとは堰《せき》を切ったようにするすると言葉がこぼれ落ちた。

この一年近く、学年のみんなに無視されていること。原因は、自分の中にあること。それでも、みんなに、頭を下げることができんかったこと。

毎日、毎日、苦しくて仕方なかったこと。

母ちゃんは目尻に浮かんだ涙を拭いながら、静かに耳を傾けてくれとった。

そして話を終えた俺に言う。

「よう話してくれたな」

そのひと言に声をあげて泣く俺の背中を、母ちゃんはいつまでもなでてくれていた。


目が覚めると、時計は九時過ぎを指している。

ああ、遅刻や、と思いながら台所へ向かうと、母ちゃんは留守やった。

テーブルに朝食とともに置かれた手紙には、「出かけてきます。母」とだけ。玄関には父ちゃんの靴もカズ兄の靴もなく、俺は家にじいちゃんと二人きりという事態に緊張しながら、朝食を口に運んだ。

じいちゃんが薪を割る、小気味いい音が庭から聞こえてくる。

一代で山林事業を立ち上げたじいちゃんは、会社を父ちゃんに譲って現場を退いても、この家の誰よりも軽く斧を振り、薪を割る。薪のどこに、どの程度の力で刃を当てればきれいに割れるかを知っとるんやと思う。

俺は朝食を済ませて洗い物を終えると、庭に出た。縁側に座りしばらくの間、無駄のない動きで正確に割られていく薪や、着流しの間から見える、じいちゃんの引き締まった足を見とると、

「いつまで見とんねん、学校行かんなら、家のことせい」

と、じいちゃんが斧の柄を向けてくる。俺は斧を受け取り、薪割を引き継いだ。

縁側に座ったじいちゃんが、くわえた煙草に火をつける横顔を盗み見る。うつむいて頬をくぼませ、ゆっくりと煙を吐き出すじいちゃんは、いつ見ても渋い。

仕事で山に入るときは、山火事を起こさぬよう一切吸わなかったというその潔さも、俺にはひどくかっこよく思えた。

じいちゃんはゆったりと一本吸ぃ終えたところで、

「昨日の晩は、よう蝉が鳴ぃとったなぁ」

と呟き、家の中に入ってしまった。蝉が鳴くにはまだ早ぃ。とうとうボケたんかと思いながら斧を振っていた俺は、蝉が自分のことだと気づいて顔を赤くした。


母ちゃんは帰宅するなり、俺を土間に呼んだ。早朝から学校へ出かけていたらしい。

「正直言うとな、母ちゃんも六年の時の松丸先生も、こうなることは想像しとったんや。あんたは、みんなと仲ようできるけど、それは、あんたが主導権を握った、表面的な仲のよさでしかなかったからな。やから、昨日あんたの話聞いて、やっぱりと思うとこはあった。せやから母ちゃん、先生に謝ってきたんや」

「母ちゃんが謝ることなんて、何もねぇやろがっ」

悔しさに声を荒らげる。

「いいや。みんなに無視されるような原因を作ったんはあんたや。そんな、あんたを育てたんは母ちゃんや。育て方が悪かったんを謝るんは、母ちゃんなりの筋なんよ」

真夜中の出来事からすぐに学校へ出かける母ちゃんの行動力に、俺は感服しとった。そして、俺を想う気持ちの深さにも。

「母ちゃん、心配かけてごめんな。それと……ありがとう。俺、今から学校行って、みんなに謝ってくるわ」

母ちゃんはニッと口角を上げると、

「アキのそういう素直なところが、母ちゃん大好きや。自分のエエとこ忘れるから苦しくなるんやで。やから、素直さだけは忘れんと、いつもど真ん中にもっとらなあかんで」

と笑った。


その後は、完全に昔のままとは言えんものの、クラスでみんなと話ができるまでには関係は回復した。とはいえ、できてしまった溝を埋める努力をしながら日々を過ごすよりも、大杉谷を出て、新しい仲間と、新しい関係性を構築していくのもええんやないか、と思うようになった。

俺が選んだ高校は、伊勢の「皇學館《こうがっかん》高校」。何も考えずに滑り止めとして受けたこの高校が伊勢神宮にまつわる学校だったことで、えらく喜んだのはじいちゃんや。でも、俺の入学を待たずに天国に行ってしまったんやけど。

そんな皇學館高校で、俺は、その後の人生を大きく変える人物と出会うことになった。


伊勢神宮には、皇大神宮《こうたい》と呼ばれる内宮《ないくう》と、豊受《とようけ》大神宮と呼ばれる外宮《げくう》がある。その二つを御幸《みゆき》道路が結んどって、五十鈴川《いすずがわ》駅方面から外宮方面へ御幸道路を上っていくと、左手に倭姫宮《やまとひめのみや》や神宮徴古館《ちょうこかん》が見えてくる。その反対側には、伊勢神宮が運営する図書館、神宮文庫の黒門。そして、その黒門を進んだ先には、俺が落ちた伊勢高校もあんねんけど、俺はその黒門の右手の坂を上った先の、皇學館高校に入学した。

落ちた志望校と目と鼻の先にある高校に通うというとんまな展開にもかかわらず、俺は大杉谷を出て、心機一転、新たな高校生活の始まりに胸を躍らせとった。

同学年十二人の小学校から中学に上がった時に人の多さに驚いたのが比にならんほど、高校の人数の多さというのは、目が回るほどやった。同じ制服を着た、人、人、人……。それでも、その中の誰一人として、俺が中学で辛い時間を過ごしたことを知らんわけやし、気分はえらく開放的や。

鼻歌交じりに階段を上がり、自分のクラスを探して歩く廊下は、期待のにじむ顔や、不安顔の新入生で溢れとる。その中をまっすぐに進む俺の視界の端に、きらりと何かが光ったような気がした。

なんや？　と目を凝らした瞬間、人で溢れた廊下の中で、一人の女の子がくっきりと浮かび上がって見え、俺は息をのんだ。

その子に釘付けになった時間は、きっと数秒。せやけどその数秒には、俺の視界からその他大勢の新入生が消え、廊下には俺と彼女だけが存在する空間がたしかに生まれとった。ズバっと一直線、俺の細胞の全部が彼女に引き寄せられ、「見つけた！」と思った。

そして次の瞬間、俺は彼女を誰にも取られとうないという気持ちに駆られて、彼女目掛けて歩き出した。おかしいやろ、冷静になれ……とか、いきなり声かけたら変人と思われるやろ……とか、頭ん中でいろんな声を響かせながらも、俺は、足を止められんかった。

「あの……」

彼女の瞳に俺が映った瞬間、ドクンと心臓が跳ね、さらに一歩彼女に近づいてしまった。

至近距離で見る彼女のきれいな黒髪や透けるような白い肌に、俺はまた息をのむ。大きな瞳を印象付ける長い睫毛《まつげ》が、俺の声に反応してゆっくりと瞬く。それはまるでスローモーションのようで、俺の胸はじんわりと熱くなった。

小さな肩も、「何？」といぶかし気に曇らせた強めの視線も、とにかくどんぴしゃ可愛くて、俺は鼻息荒く話し始めた。

「急にごめん……俺……、あ、いや、僕……一年三組の村中昭文言います。なんや、こんなこと急に言われたら、気持ち悪いと思うやろけど、僕のことも全然わからんと思うし、僕も君のこと全然わからんのやけど、たぶん、これが一目惚れなんやろうと思うくらい、君のこと、なんやもっと知りたい思うとるから、まずは、一緒にお弁当を食べてくれませんか？」

言葉では足りない気持ちが視線から伝わることを願って、俺はまっすぐに彼女の瞳を見つめながら答えを待った。

これで断られたらダメージ強すぎて、もう学校に来れんかもしれん……。

入学して二日目から不登校って、笑えるよな。

それにしても、なんて単刀直入で、ださい告白……。あほか俺は……。

ああ、逃げたい……。

いや、逃げる前に、返事が聞きたいっ。でも、でも……。

彼女を見つめる沈黙の中で、俺は自分の無謀な行動を嘆いとった。

「……澪《みお》です。結城《ゆうき》澪。どっちも名前みたいな、変な名前でしょ?」

短く笑い、吸い込まれるように可愛い目を向けてくる彼女に大きく頭を振り、俺は、ほう、とため息をついた。彼女の笑った顔を見たのは初めてやのに、その笑顔はずっと前から知っとった顔みたいに、しっくりと俺の胸の中に馴染んだ。

「お弁当一緒に食べてくれる友だち第一号の村中君、よろしくね」

俺はだらしのない笑顔を浮かべながら、「いや、友だちではなく……」と強く訂正したい気持ちをなんとかのみ込んだ。

「アキ、中学での失敗を繰り返さんように、高校に入ったら、まず初めにこのノートに友だちみんなの名前を書くんや。ほいでな、みんなのいいところを見つけるたびに、このノートに書いて、それをそん子に伝えたったらええよ。誰かて、いいところは必ずあるんやからな」

そう言って、母ちゃんから渡された大学ノートは、ひと月もたたん間に、澪のいいところで埋まってしまった。

名前が美しい。とにかく可愛い。頭がいい。それを表に出さんところが、またいい。よう笑うところが好き。俺の話に関心を持って聞いてくれるところが◎。クラスの友だちにも、同じように接するところが誇らしい。家族を大事にしているところ◎。笑い声が好き。笑い方も好き。ゆったりと話す口調が可愛い。声が好き。歯並びがきれい。真剣な眼差しが、なんやカッコよく見える。読みやすくきれいな文字。白く細い指と、整った小さな爪が可愛い。ペンケースがキャラクターじゃないところが好き。弁当を残さず、しかも美味しそうに食べるところ◎。背筋の伸びた立ち姿が好き。困った時、きゅっと眉間《みけん》に寄る皺さえ可愛い。運動があまり得意じゃないのが、何かいい。上目遣いに俺を見上げてくる顔が、すげぇ好き……。

殴り書きで埋まったノートをラブレター代わりに送ると、

「こんなに誰かに褒められたん、初めてや……」

と、澪は照れくさそうに笑った。赤く染まった頬に、長い睫毛の影が落ちる。

「あのさ……俺らは付き合っとるんやろうか？」

と俺はおずおずと質問をぶつけた。入学式の日に、「友だち第一号」と呼ばれて以来、ずっと怖くて確認できずにいた。

へ？　と驚く澪の可愛さに、緩みそうになる口をぐっと結んで、俺は返事を待った。澪の顔には、驚きと不安な色が混ざり合っとるように見える。

「うちは、そう思っとったけど……アキ君は違ったん？」

小さく揺れる瞳の動きが、まるで澪の心の動きのようや。俺は引きちぎれるかと思うほど首を横に大きく振ると、

「いや、俺かてそう思っとったよ」

と満面の笑みを浮かべ、胸の中でガッツポーズを作った。

◆

そこまでの話を終えたおっさんは、まるで子どもが自慢のおもちゃだとかキャラクターだとかのことを話す時みたいな顔をしていた。

うらやましいなと思いながら、僕は窓の外に目を向ける。

高校生で彼女ができたおっさんも、中学生の時はいじめで苦しんでたんだ……。

学校という狭い世界の中で、疎外感を抱く日々。それを僕も知っている。

でも僕は制服を切られたこともなければ、机を窓から放り投げられたこともない。ましてや、学年のみんなから無視されるなんて、想像するだけで滅入りそうな孤独も経験してない。でも、学校に合わない、馴染めない自分をずっと感じている。

「ちょっと聞きたいんですけど……アキさんは中学の時のこと、どんなふうに思ってるんですか？」

つい、名前で呼んでしまったことに気恥ずかしさを覚えて、僕は視線を、アキさんの胸元の二頭の虎に落とした。

「ん？　まあ、そん時はほんまきつかったけどな、俺は、そのきつい経験をしてよかった、思おとんのや。大杉谷を出ると決めんかったら、澪とも会うてへんしな。それに、あの経験がなかったら、俺はずっと人の気持ちを考えん奴だったかもしれん。それに、苦しい中で自分自身といっぱい話したことも、大事な時間やったと思おとるんや」

「僕もいつか、そう思える日が来るかな……」

また、疑問がぽろり。アキさんを前にすると、思いがするすると口からこぼれ落ちて、調子が狂う。

「なんや、ワクちゃん、無視されとるんか？」

「無視とは、ちょっと違うけど……、たぶん、変な奴だとは思われてるかな」

アキさんが視線で先を促してくる。

「僕、頭の中で音が鳴り始めることがあるんだけど……」

「おおっ、よく作曲家とかが言う『音が降ってくる』みたいなもんか？」

無邪気に感心するアキさんに、「そんなカッコいいもんじゃないと思うけど」と視線を落として答える。

「で、音が鳴り始めると、僕はその音をつかまえたくなって、そうすると、自然と周りの声も聞こえなくなる。だから、誰かに声をかけられても返事をしないってこともあって……、気づけば、僕の周りには誰もいなくなってた」

「学校へ行かんようになった理由はそれか？」

アキさんの問いに、ううん、と首を横に振る。

「まあ、それもあるけど、それがいちばんの原因ではないと思う」

なん？ とまたアキさんの目。僕はゴクリと唾をのみ込んで、続ける。

「中学では、僕が音楽をやるの知ってる友だちがいて、僕が突然黙り込んでも返事をしなくてもほっといてくれたんだけど、高校は何ていうか、変わった奴は、イコール、関わるのがめんどくさい奴、って確定されるのが早いっていうか。人と違う奴は排除っていう感じが強くて、なんとなく、そういう雰囲気に疲れちゃったんだ。そんな時に担任との二者面談があって、僕、結構本気で『ミュージシャンになりたい』って言ったんだけど……」

「おお、ええやないか」

手放しで褒めてくれるアキさんの笑顔に泣きそうになるのを堪えて僕は続けた。

「担任の先生は、アキさんとは真逆の言葉を僕に向けてきたよ」

「もしかして、否定的アドバイス三点セットか？」

「否定的アドバイス、三点セット？」

せや、というようにうなずき、アキさんは鼻息荒くしゃべり始めた。

「『絶対ムリ』『お前にできるわけがない』『世の中を舐めるな』やろ？」

親指、人差し指、中指で三を示すアキさんの太い指に苦笑しながら、

「最後の一つは言われなかったから、二点セットだね」

と答える。「かぁ〜っ」と声をあげて頭を横に振ると、

「あんな、ワクちゃん」

アキさんは声のトーンを落とし、ぐっと僕の目を覗き込んできた。

「その先生は、ミュージシャンになったことがあるんか？」

「ない、と思う。先生だし」

「せやろ。そんなな、やったこともねぇ大人の、後ろ向きな言葉に左右されんで、実際にミュージシャンになっとる人や、応援してくれる人と繋がることに心を傾けた方がえぇで。ちゃんと経験したことのある人らは、簡単に、否定的なアドバイスなんてせぇへんよ。ほ

いでな、そういう人らに『君ならできるよ』なんて言われてみぃ、ワクちゃんの中の『その気』スイッチが、バッコーンって入るで。何かをつかみ取るにはな、本気やる気よりも、俺、できそうな気がする！　っつう、『その気』が大事なんや」

アキさんの真剣な眼差しのせいか、熱心に言葉をかけてくれるその姿勢のせいか、僕はアキさんが次に何を言うのか、少し期待しながら待っていた。

「ええかワクちゃん、未来は、吐き出す言葉でできていくんやから、耳に入れる言葉かて一緒や」

こみ上げてくるものが何なのかはわからなかった。けれど、久しぶりに胸の内側が熱くなっているような気がする。

「……僕のことはいいから、話の続きを聞かせてよ」

感動に浸りすぎたらうっかり泣いてしまいそうで、僕は慌てて話題の変換を狙った。

「おお、せやったな」

そう言ってパンっと柏手《かしわで》を打つと、ふと何かを思いついたようにアキさんは言った。

「澪のことを話す前にな、そや、俺が高校の時に出会ったおもろい大人たちの話を聞かせんとな」

アキさんは嬉しそうに、「聞くか?」と、聞いてほしさ満載で問うてくる。子どもみたいに、くるくると表情を変えるアキさんに思わず笑いながら、僕は「はい」とうなずいて見せた。

第三章

新富士駅〜小田原駅間

澪とのデート代を稼ぐため、俺は学校に隠れてアルバイトを始めたんや。

バイト先は、学校から少し離れた焼き鳥屋。週三で塾に通う澪に合わせて、俺はこの焼き鳥屋に通った。

学校から自転車で錦水橋《きんすいばし》を右折すると、右手に、クリーム色の外壁の近鉄宇治山田《うじやまだ》駅が見えてくる。その駅前の、明倫《めいりん》商店街の中の焼き鳥屋『一心《いっしん》』の大将は、どこからどう見てもヤクザにしか見えない畑山良治《はたけやまりょうじ》という親父やった。

いかつい体に鋭い眼光は客商売には向かないだろうという俺の予想を裏切り、『一心』はいつも、客と煙と飛び交う会話で賑わう繁盛店。ヤクザと働くのは（ヤクザやないけど）怖かったものの、賄いが出るという条件は見逃せんかったし、長年、ヤクザなじいちゃんと住んでいた（ヤクザやないけど）俺にとって、刺さるような良さんの鋭い視線が、どこか懐かしく思えたのかもしれん。

見習いの俺に任された仕事は皿洗い。カウンター八席と四人掛けテーブル二つは常に満席で、油の残る皿や、空になったグラスが次々に俺のもとへ運ばれてくる。母ちゃんの手伝いに慣れていた俺は、手際よく皿洗いを続ける。せやけど、二週たっても、ひと月たっても、皿洗いばっかり。さすがにうんざりして、そのうち俺は、良さんの見てないところで手を抜くようになった。

ある日、賄いで出された焼き鳥丼を食おうと丼を持ち上げた俺は、ぬるぬると脂ぎる丼の底で手を滑らせ、カウンターに賄いをぶちまけてしまった。

「すんませんっ」

慌てて賄いを拾い集める俺に、良さんは何も言わんかった。

集めた賄いを食いながら、俺はその丼が普段賄いで使われるものではなく、お客さん用のものだと気づき、さっと血の気が引いた。洗い場担当は俺一人。つまり、その脂の残った丼は俺が洗ったもんやということは明白。良さんは洗いそこなった丼を、あえて俺の賄いに出してきたのかもしれん……。さぼりを見透かされたような恥ずかしさで、顔が赤くなる。いや、俺の思いすごしかもしれん。せやけど、だったらなんで、今日に限ってこの丼で賄いが出てきたんや？

自問を繰り返しながら洗い場で丼を丁寧に洗い終えると、俺はおずおずと良さんに近づいた。

「ごちそうさまでした。それから……すいませんでしたっ」

締め作業をしている良さんに頭を下げると、

「何の謝罪や？」

手を止めた良さんが、ゆっくりと体を向けてくる。

「っと……、丼を……丁寧に洗わなかったこと、のです」

「そうなんか？」

「……はい」

「なんでや？」

「忙しくて、ちょっと、さぼりました……。これからは、気をつけます」

半そで白衣から覗く、筋骨隆々《りゅうりゅう》の良さんの腕。黒く太い首。じっと見据えてくる、瞬き一つせん冷えた視線に、かっこんだばかりの焼き鳥丼がせり上がってくる。

怒鳴られる……怒鳴られる……と身を縮める俺の頭上に、低く、深い声が降ってきた。

「アキよ。お前には若さとやる気と体力しかない。せやけどな、素直な心と謙虚な姿勢ほど強力なものはないんやで」

良さんはそう言うと、話は終わりや、というように作業を再開した。

肩透かしを食らった気分のまま、俺は挨拶をして『一心』を後にし、夜の街を、ひとり自転車をこぎながら、良さんの言葉の意味を考えとった。

若さとやる気と体力、しかない。でも、素直な心と〝けんきょ〟な姿勢はあるってことか？ っていうか、〝けんきょ〟って何や？

誉め言葉が含まれているような気もするけど、良さんの鋭い眼光がよぎるせいで、うまく真意をつかみきれん。それでも、同じこと繰り返したらあかん、という覚悟のようなもんが、俺の中に芽生えたのはたしかやった。


常連客の多い『一心』で、俺の名をいちばんに覚えてくれたのは、三原《みはら》さんという大きな会社の社長さんやった。恵比須顔というのはこういう人のことを言うんやな、と思えるほど、三原さんは笑顔ベースの気のいいおっさんで、俺が大杉谷で暮らしていた頃の話を、いつも楽しそうに聞いてくれた。

山から流れてくる冷たい水と宮川の源流が混ざり合う、水の泡立つ場所の下には、鮎やアマゴがたくさんいること。しゃくり漁をする竿は山の竹を切って焚火で焼き、強度を高めるために頭皮の脂をつけて曲げた後にゴムを巻いて針をつけ、自分で作ること。夏の夜に、天空に浮かぶ天の川を超えた天の海のような星空は、見飽きることがないほどにきれいで、河原に飛び交うホタルの幻想的な光は、この世のものとは思えないほどに美しい光景やっちゅうこと。

俺はこうした大杉谷の思い出を、三原さんに何度も何度も話した。三原さんは、大会社の社長さんらしからぬ素直さで、「そら、すごいなぁ」「なるほどなぁ」と相づちを打ち、「アキ君のいちばんの財産は、自然豊かな大杉谷で育ったことや。そこに君の大事な原点があることを忘れたらあかんで」

と言ってくれた。超ド級の田舎で育ったことを恥ずかしく思い始めていた俺にとって、三原さんのその言葉は衝撃であり、嬉しくもあった。

けれど、山の奥も奥、この先はどう考えても人は住んどらんだろうというような自然しかない村で育ったことが俺のいちばんの財産で、そこに俺の原点があると言われても、この頃の俺にはまだ、何が原点で何が財産なのかようわからんかった。

それでも、「ほんま、おもろいなぁ」と、目尻に涙を浮かべて三原さんが俺の話を聞いてくれることが嬉しくて、俺は三原さんの笑顔見たさにしゃべり続けた。

夏休みだというのに、下宿先の朝食は学校がある日と変わらん時間に用意される。眠い目をこすりながらダイニングに入ると、

「アキ、ちゃん……おは、ようさん」

「藤代荘《ふじしろ》」の料理番長、真子《まこ》さんの明るい声が飛んできた。

「……はようございます」

せっかくの夏休みなんだからもう少し寝ときたい。そんな思いをふんだんに盛り込んで挨拶を返しながら、俺はふてくされ気味に席についた。

「座る前に手伝えや」

一つ上の恭平《きょうへい》君が俺を小突く。あからさまに音を立てて席を立つと、俺は冷蔵庫から麦茶のボトルを出してみんなのグラスに注いだ。恭平君は、真子さんの指示に従って皿を並べ、盛り付けが済んだものからテーブルに運んでいる。二つ上の林田《はやしだ》さんは、四人分の味噌汁を盆にのせて運び、同級生の稔《みのる》は、炊き立ての白米を茶碗によそっている。

みんなの連係プレーで朝食が並んだところで、着席した林田さん、恭平君、稔と俺の四人で手を合わせた。

炊き立ての白米の湯気。塩ジャケの香ばしい香り。稔が、浅漬けのきゅうりをバリバリ

食べる、小気味いい音。キャベツと揚げの味噌汁を口に含んだところで、

「うまっ」

と目を見開いた俺に、やっと着席した真子さんがふにゃりと笑う。

真子さんは生まれつきの小児麻痺で体をうまく動かせない。やのに、俺たち下宿人の飯を、いつも一人で作ってくれる。

健常な人の倍の時間をかけて作る真子さんを、林田さんも恭平君も、稔も手伝っとるというのに、俺は眠さに負けて手伝いもせず、ふてくされ気味やった。思わず後ろめたさがよぎる。

真子さんはそんな俺の胸中など構いもせず、

「たくさん、たべな、さい」

と、昨晩の残りの煮物の皿を、俺の方にぐぐっと寄せてきた。

「今日は買いもんありますか？　俺、今日バイトないんで付き合いますよ」

林田さんの声に、真子さんはひらひらと手を振ると、テーブルに置いてあるメモ用紙に鉛筆を走らせた。真子さんが文字を綴る間、林田さんはずっと、メモ用紙が動かんように手で押さえていた。

「しっかり勉強してほしい」

と記されたメモを見てうなずくと、

「でも、何かあったら、いつでも呼んでください」

と林田さんは真子さんの肩に手をのせた。柔らかく低い声と、優しい眼差しでそう言う林田さんは、二歳違いとは思えないほどに大人っぽい。二年後に、俺が同じような雰囲気を醸し出せるとは到底思えんほどの、落ち着きようや。

せやけど、いつも友達に囲まれ、成績もよく先生からの信頼も厚いと噂の、非の打ちどころのない林田さんが、受験生になった今も校則違反と知りながらアルバイトを続けている理由は、下宿人の誰も知らんかった。

「ちょっと冷たい飲みもん買うてきてくれや」

夏休みということで、普段より早く店に入って仕込みの手伝いをしていた俺に、良さんは言った。

真夏の開店前。製氷機の不調に急遽駆けつけ、汗だくになって作業している電器屋のおっちゃんに飲ませてあげたい、ということらしい。俺は、渡された金を手に店を出た。

明倫商店街のアーケードを出ると、灼熱の太陽が降り注ぐアスファルトの上で、陽炎《かげろう》が揺れとる。

「めんどくさっ」

干上がりそうな暑さにうんざりしながら、俺はタラタラと歩いて、伊勢市観光文化会館前を通り過ぎ、自販機を目指した。

ガコンっと音を立てて出てきた冷たいお茶を額に当て、またタラタラと道を歩く。プールにでも行くらしく、膨らませた浮き輪片手に駅に向かうカップルの姿に、舌打ちが漏れる。

バイト代が入ったら、俺も澪をプールに誘おう。

澪の水着姿を想像してにやけながら明倫商店街に入った先で、仁王立ちしている良さんとぶつかった。俺を見下ろす良さんの頭上には、怒りの熱が湯気になって見えるような気がする。鬼のようにカッと見開かれた目が矢のように俺の胸を貫き、背筋に冷たい汗が伝った。

「お前、歩いて行ってきたんか？」

静かに問いただす声に、びくりと肩が上がる。

「いえ……」

「歩いて行ってきたんかっ!?」

見透かされとる……。

二度目の尋問にごまかせないと観念した俺は、「すいません」とうなだれた。

ひゅうと息をのむ音が聞こえ、次の瞬間、

「なんで走って買ってこんかったぁっ――！」

と耳をつんざくほどの怒号が響く。

「暑い中、店のために作業してくれとる人が喉乾いとるくらいわかるやろがっ。やのに、なんでお前は、一秒でも早く買ってこよう思わんのやあっ」

びりびりと鼓膜を震わせる声は、止まることなく俺を攻撃してくる。

「頼まれ事を、なぜ、今、お前ができる全力でこなそうと思わんのかっっ！　誰でもできる雑用だからこそ、頼んだ人の予想を上回る仕事をせえ！　それがお前自身を高めることにもなるんだろうがぁ！」

叱責とともに飛んでくる唾を浴びながら、「そんな怒ることかよ……」と、俺は胸中で毒づいとった。「そんな言うなら、初めから自分で買ってくりゃええやないか……」とも。

良さんは俺に冷めた一瞥《いちべつ》を向けると、大きな背中で会話を遮断した。


恐る恐る店に戻ると、良さんは何事もなかったように仕込みを続けている。

あの剣幕は何やったんや……。

頼まれ事を全力でこなしたら、何だってんだよ……。

店が開店してからも、俺は良さんの言葉が気になったまま、悶々としていた。


カウンター席で賄いを頬張りながら、俺はバイトの先輩、斉木《さいき》さん相手に愚痴を連ねる。

焼き場にいる良さんには聞こえないだろうと思いつつも小声で話す俺に、

「ここで働き始めた頃は、俺もよう怒鳴られたなぁ」

と、斉木さんは懐かしそうに目を細めた。

「俺な、ここで働き始めた頃、ようしゃべれんかったんや。どもりのひどい吃音症《きつおん》でな。せやから、できるだけお客さんと関わらん仕事したかったのに、良さんは『お前は接客だけせい』言うて、俺を表に出したんや」

「鬼やないっすか」

俺の言葉に首を横に振り、斉木さんは続ける。

「『いらっしゃいませ』もろくに言えんし、受けた注文を厨房に伝えんのもひと苦労やったけどな、良さんは急かすことも、責めることもせんかった。そいでも、俺のどもりに笑うお客さんに対しては、すげぇ怒るんよ。『お帰りいただいても構いません』なんて言うてな。俺はそれが嬉しくてな。良さんのために頑張ろう、て思うようになったんや」

賄いを食べながら、俺は焼き場で煙にまみれている良さんに視線を飛ばした。良さんは、もくもくと上がる白い煙の中、表情一つ変えずに焼きに徹しとった。

「『人前で話すのが怖い、怖いと逃げとったら、性格が後ろ向きになってまう。自分にとっていちばん嫌なことが克服できれば、あとは楽になるんやで』って、言われてからはなおさらな」

吃音症だったことなど微塵も感じられない滑らかな口調で、斉木さんは言葉を連ねる。

「良さんが怖くてやめていったバイトもぎょうさんおるけど、俺はここで働けたことに感謝しとるし、『接客だけせぇ』って言われた時に逃げんでよかったって、本気で思っとんのや。良さんに出会って、俺は、俺ん中に、逃げずに踏ん張れる俺がおることを知ることができたんやからな」

良さんの指示に即座に返事をして従う斉木さんを、それまで俺はどこかで馬鹿にしとった。小間使いのように動き回る姿を、情けないとも思っとった。やけど、斉木さんの話を聞いた後では、そんな思いを抱いた自分を恥ずかしく思う気持ちでいっぱいになった。

「アキ君、どうせ仕事するなら、自分が惚れ込んだ、好きな人のもとで働く方がええよ。その人に頼まれたことを、自分への試され事や思うて頑張っとる間に、気づいたら自分でも知らん自分に会えるんやから、そんなおもろい働き方はないで。アキ君はまだ、良さんに惚れとらんと思うけどな」

そう言って笑う斉木さんの横顔を、俺はどこかうらやましい気持ちで見つめた。


年が明けた一月十八日。

バイトもなく、塾のある澪とも遊べず、ふらふらと友だちと遊んで帰ると、藤代荘は真っ暗やった。時計を見れば七時前。みんなが寝るにはまだ早いだろう、と怪訝《けげん》に思いながら鍵を開け、玄関の電気をつける。

「ただいまー。真子さーん？　みのるー？」

返事はなく、リビングもダイニングも、シンと静まり返っている。ビビりながら靴を脱ぎ、忍び足でダイニングの扉を開けたところで、パンっ、パンっと乾いた音が響いた。

「なんやねんっ」

怖さから、怒りのこもった声を放った瞬間、ダイニングの電気がついた。眩しさに目を閉じ、ゆっくりと開けると、テーブルの上の溢れんばかりの料理が視界に映る。

「おめでとう！」

「アキ、おめでと」

口々に祝辞を述べてくる、真子さんや林田さん、恭平君や稔の顔に混ざって、澪の顔も見える。間抜けにたたずむ俺の背中を林田さんが押して、席に座らせる。

「塾は？」

「休み。アキちゃんに内緒で準備したくて、嘘ついちゃった、ごめんね」

にやけ顔で首を横に振る俺に、

「いちゃつくのは後にしろや」

と恭平君が背中をはたく。

「入荘一年目の誕生日は盛大に祝うのが、藤代荘の伝統なんや」

林田さんは、俺のグラスにコーラを注ぎながらそう言うと、「澪ちゃんも座って」と俺の隣の椅子を引いた。

みんながグラスを持ったところで恭平君が音頭を取り、「乾杯っ」の声とともに、俺の十六歳の誕生会が始まった。

「稔君が誘ってくれてね、ずいぶん前からアキちゃんのバイトの日に、ここへ来て真子さんたちと打ち合わせしてたんよ」

シーっと鼻先に指を立てながらも、稔は口角を上げている。

「こんな美味しい料理を毎日食べられるなんて、アキちゃんは幸せもんやね」

澪の賛辞に、真子さんが嬉しそうにふにゃりと笑った。

賑やかな宴が続き、真子さんと澪が作ったというケーキを食べ終えたあたりで、

「ついでみたいで申し訳ないんやけど……」

と、林田さんは大きな段ボールを運んでくると、

「アキにはこれ、そんで、これは真子さんに」

と言って俺に小袋を渡し、驚く真子さんの前に、段ボールを置いた。

「代わりに開けるよ」

恭平君と稔が、段ボールを丁寧に開けていく間、真子さんは困ったような、喜んでいるような複雑な表情を浮かべとる。でも、開いた段ボールの中を覗いた瞬間、真子さんは顔を覆ってしまった。俺と澪も、真子さんの背後から中身を覗き、驚きで目を見合わせる。

大きな段ボールの中身は、パソコンだった。

「ちょっと早いけど、餞別《せんべつ》です。俺がいる間に、使い方教えてあげたかったから、アキの誕生会に便乗したみたいで悪いけど、今日渡そうと思ったんや」

林田さんの言葉を聞くと、真子さんは顔を覆ったまま声をあげて泣き出してしまった。

「せんべつ」も、「びんじょう」もわからんかったけど、校則違反をしながらも、林田さんがバイトを続けてきたわけだけはわかった。

「あ、りが、とう……あ、りが、とう」

顔をくしゃくしゃにして何度もそう口にする真子さんの背中を、林田さんはいつまでも優しくなでていた。

「そん子は、お金の出口を知っとるんやな」

バイト先で林田さんの話をした俺に、良さんは言った。

「お金の、出口ですか？」

「そうや。お金は入り口よりも出口の方が大切なんや。何のために使うかで、人の価値は決まるんや」

理解に苦しみ口を閉ざした俺に、良さんは言った。

「もしも、お前が将来たくさん金を稼ぐようになったら、その金で何買う？」

「服や、車や……家ですかね」

「服買《こ》うても、車買うても、家買うても、まだ金あったら、次は何買う？」

「えっと……旅行に行きます。いろんな国に行ってみたいし、いいホテルにも泊まってみたいっす」

「それでも、まだ残っとったら、次は、何に使うんや？」

「……」

服や車や家を手に入れ、旅行にも行けたとして、それ以外に何に金を使えばいいのかは、もう俺には思いつかんかった。

「自分の自己満足のために金を使い続ける奴と、人を喜ばせるために金を使い続ける奴の人間的価値の差は、計り知れんものになるんやぞ」

言葉の意味を計りかねて首を傾げている俺に、良さんは問いを向けてきた。

「そん子は、お前の目にどう映っとる？　今のお前は、そん子と同じ場所にいると思うか？」

良さんのその問いは俺の胸に刺さった。

胸の痛みを抱えたまま、俺はその夜、林田さんの部屋に向かった。


「お金の出口か。そんなこと考えもせんかったけどな」

良さんの言葉を伝えると、林田さんは恥ずかしそうに小さく笑った。

「せやったら、なんで、真子さんにパソコンをプレゼントしよう思ったんですか？」

「それはたぶん、もらったもんを返したかったからやと思う」

はにかんで笑うと、林田さんはゆっくりと語り始めた。

「ここに来た頃の俺は、相当すさんどったよ。もともと行きたかった高校に落ちて皇學館に入ったこともあって、腐った気分やったから。真子さんを初めて見た時も、正直、『この人で大丈夫かよ?』みたいな、どっか上から目線なとこもあったんや。それに、真子さんの手伝いをする先輩ら見て、めんどくせぇとも思ってた。普通の、障がいのない人だったら、手伝わなくて済むのに、なんてことまで考えてな……」

目の前で苦笑する林田さんと、話に出てくる高校一年の林田さんとのギャップを埋められず、俺はただ耳を傾けることしかできんかった。

「そんなんやから、学校の成績もどん底で、あっという間に素行の悪い奴らとつるむようになって、帰る時間も日に日に遅くなっていった。でもな、真子さんはどんなに遅くなっても待っとんねん。夕飯もちゃんと用意して」

うなずいた俺に、林田さんは続けた。

「ある日帰ってきたら真子さんはいなくて、いつもより豪華な夕飯と杏仁豆腐がテーブルに置かれてたんや。先に寝とるなんて珍しいなと思いながら食べて、俺はそのまま寝た。片付けもせんで、洗い物をそのままシンクに残してな。次の日の朝、先輩から話を聞いて青ざめたよ。真子さんは、体調が悪い中、俺の誕生会のために、いつにもまして腕を振るい、そのまま崩れるように寝込んでしまったんや。俺が喜ぶようにと、先輩らに俺の好きな食べ物を聞いて回ったり、最近の俺の生活について、気にかけてやってほしいってみんなに頭を下げてたことなんかを聞いて、俺は、何も言えんかった」

林田さんは言葉を切り、小さく息を吐き出した。

「『シンクの洗いもん済ませたら、これ持って、真子さんとこ行ってこい』って、先輩にお粥ののった盆を持たされてな。俺は、真子さんの部屋に向かったんや」

ゆっくりと瞬きをして、ふっと柔らかい笑みを向けてくる林田さんと、会話の中の高校一年生の林田さんの姿が、やっぱり重ならん。

「俺の顔を見ていちばんに、真子さんは『おめでとう、ね』って言ったんや。先に笑顔でそんなこと言われて、ばつが悪うなってな。うつむいて黙ったままの俺に、真子さんは、枕元に置かれた手紙を指した。『俺に?』って聞くとうなずくから、『昨日はありがとう』ってなんとか告げて、手紙を持って部屋を出たんや」

林田さんは机の中から封筒を取り出すと、

「俺の宝物や」

と差し出してきた。林田さんから封筒を受け取り、俺はそっと手紙を開く。

林田光希《こうき》くんへ

十六才、おめでとう。

学校はどうですか。

お友だちはできましたか。

私は、コウくんと同じ十六才のときに、この体が一生治らないと知りました。

先がまっくらになって、本当にぜつぼうしました。

「なぜ、生まれたときに、首をしめて殺してくれなかったのか」

と母をせめたりもしました。

でも、ふじしろ荘ではたらくようになって、自分は子どもを持つことはできないけれど、
コウくんたちのような、若い子たちのお世話ができるようになり、
やっと、こんな私でも、人の役にたつ場ができたと、本当に嬉しかった。

だから、今でも、毎日幸せです。

でも、時々、コウくんから、たばこのにおいがしてくるので、少しだけ心配しています。

どうか、体を大事にしてくださいね。

「人と比べるなんて情けないけどな、俺は、真子さんの絶望の時間を知って、受験に失敗したくらいで腐っとる自分が、本当に情けなくなったんや」

俺から手紙を受け取ると、林田さんは、机の中にそっとしまった。

「それに、真子さんに『体を大事に』って言われたらさ……」

「何も言えんですよね」

俺の相づちに、林田さんが笑顔でうなずく。

「俺は、それまで付き合ってた奴らと離れて、猛勉強を始めたんや。その、真子さんからの手紙一つで、夢が決まってな」

「夢……ですか？」

一年近く一緒に暮らしても、俺は林田さんの夢を知らんかった。

「俺は、真子さんのように、障がいを持って生まれてくる子どもたちのケアをする仕事に就きたいと思っとるんや」

「はぁ……」

立派すぎて、あほみたいなため息が出てしまう。

「お金の出口について考えたことはなかったけどな、真子さんのために、今俺は何ができる？　ってことは、ずっと考えてたかもしれんな。そいで、ちょっと高いけど、パソコンをあげたいって思ったんやと思う。パソコンを使えるようになれば、手紙を書くよりも、楽に思いを伝えられるようになるからな。アキだって、真子さんがこれだけの手紙を書くのに、どれくらいの時間がかかるか想像つくやろ？」

うなずきながら、俺は大きな敗北を感じていた。

これが良さんの言う、俺と林田さんの差やねんな……。

「そうや、アキは真子さんの杏仁豆腐食ったことあるんか？」

と、林田さんが唐突な問いを向けてくる。無言で首を横に振る俺に、

「絶品だから、今度作ってもらったらええよ」

と笑う林田さんは、悔しいくらいにカッコよく俺の目に映った。


澪の塾に合わせて、俺は連日のように『一心』に通った。怒鳴られ、叱られながらも、頼まれたことを自分への試され事と思って動いていた俺に、良さんは少しずつ仕事を任せてくれるようになった。

うるせえなと胸中で毒づいていた頃より、素直に返事をしてできることを重ねながら良さんのそばにいるようになると、良さんがただ怖いだけのおっさんではなく、俺のことを考えて助言（暴言という名の）をくれとるということを、肌身で感じるようにもなった。

「また来ましたね……」

暖簾《のれん》をくぐってきたお客さんに「いらっしゃい」と声をかけ、俺は斉木さんに目配せをする。

月に一度ほど、連れを替えて訪れる中年の親父は、いつも連れ相手に「でもな……」「でもな……」と「でも」を連発するデモデモ星人のため、俺たちバイトの中でも、「デモ星《せい》」とあだ名をつけられ煙たがられていた。俺は乾いた笑顔を浮かべ、カウンターに座るデモ星のもとへと注文を取りに向かった。

「俺、ハイボールと、砂肝、ねぎまを一本ずつ。お前は？」

「じゃ、僕もそれでお願いします」

会社の部下なのか、デモ星は連れの若いスーツ姿の男をチラッと見ては、

「ったく、お前は自分がないねぇ」

と嫌みな薄笑いを浮かべた。おしぼりで顔や首を拭くデモ星の隣で、若い部下は身を縮めとる。

運ばれてきたハイボールジョッキを、乾杯と持ち上げた部下を無視して、デモ星はごくごくと喉を鳴らした。

「いらっしゃいませー」

「つらっしゃ〜い」

お客さんを笑顔で迎えるごとに店は活気づき、開店後間もなく満席となった。

注文を取り、飲み物を運び、空いた皿を下げ、焼きあがった串を運ぶ。

店に入り、満席と見て帰ろうとするお客さんに、

「もうここ空くよ〜」

と別のお客さんが声をかけて席を立ち、グラスの倒れたテーブルには、「ほれよっ」と近くのお客さんらのおしぼりが飛ぶ。

「三番さん、盛」

「はいっ」

「アキ、裏からビール持ってきて」

「はいっ」

「アキ君、お会計お願いね」

「はいっ」

開店前の静けさを忘れるほどに、店内には威勢のいい声が飛び交う。笑顔で酒を酌み交わし、良さんの焼いた串を頬張るお客さんたちとは対照的に、デモ星と若い部下の席だけは、どんよりとした空気を漂わせとった。

店内を動き回る合間、その一角から聞こえてくるのは、デモ星が一方的に部下に愚痴を言う、ねちねちとした声。

「でも、結婚なんかしたってお前な……」

「でもよ、どうせ俺なんてよぅ……」

「でも、あいつに言ったところで、しょせん……」

うなだれるように相づちを打つ部下らしき男の背中を見つめながら、俺は勝手にデモ星への不満を募らせとった。

「顔に出すな」

斉木さんに小突かれ、ハッとした俺の耳に、

「いらっしゃいっ」

と、良さんの威勢のいい声が響く。

「いらっしゃいませー」

反射的に笑顔で入り口を見れば、艶やかな恵比須顔の三原さんが、手を上げながら入ってくる。

「アキくんの声を聞くと、疲れが飛ぶね～」

「俺も、三原さんの顔見ると元気になりますっ」

肉づきのいい顎を揺らして笑うと、三原さんはカウンター席に座った。

とん、と置かれたビールジョッキを良さんに向けて掲げると、三原さんは喉を鳴らした。

「いやぁ、美味いっ」

目を細める三原さんの幸せそうな笑顔に、つい笑みがこぼれてしまう。まだ三原さんに話していない大杉谷話を脳内で模索しながら、俺は皿洗いを始めた。

時計の針を確認し、皿洗い終了の目標時間を定める。

じゃぶじゃぶと水の流れる音に混じって、カウンター越しにデモ星のねちねちとした愚痴が耳に届く。俺は苛立ちをたち切るように大きく息を吐き出し、デモ星を視界から外すと、シンクの中で踊る皿に集中した。

丁寧かつスピーディに。

丁寧かつスピーディに。

斉木さんに教わった言葉を、呪文のように胸中で呟きながら洗い物に専念していると、

「せやからお前は自分がないねん！　へらへら、へらへら、笑っとるだけでよぅ」

店内に怒号が響いた。顔を上げれば、声の主であるデモ星に、

「すいません」

と連れの若い男が頭を下げている。

「そうやって謝ればいいと思っとるところも、ほんま糞やなぁ。お前みたいのといると、酒がまずくなるわぁ」

まくしたてるデモ星の赤い顔に、しずめたはずの苛立ちが、むくむくと立ち上がる。

キュッと蛇口をひねり、怒りをあらわにする俺の耳に、冷えた声が届く。

「他のお客さんへの配慮もなく、大きな声で怒鳴るあなたの声の方が、よっぽど酒がまずくなりますなぁ」

三原さんは、つくねを頬張ってゆっくりと咀嚼《そしゃく》すると、

「美味しいものは、美味しいままいただきたいもんですねぇ」

と、デモ星に満面の笑みを向けた。

酒で赤くなったデモ星の顔がみるみる青ざめていく。ばつが悪くなったのか、若い男に、

「おら、行くぞ」とすごむも、相手は初めての抵抗を見せ、返事をせずにうつむいている。

「おあいそっ」

デモ星は、怒りの矛先を斉木さんに向けるように怒鳴り声をあげると、逃げるように支払いを済ませ、店を出て行ってしまった。

起立し、礼を述べる男を隣に座らせると、

「ここのは、何でも美味いんだよ」

と、三原さんは自分の皿をその男の前に滑らせた。

「いただきます」

かしらを口に含んだ彼が、

「美味いです……」

と初めて笑顔を見せる。

「君、名前は？」

「高柳信一郎《たかやなぎしんいちろう》と言います」

名刺を両手で三原さんに渡して自己紹介する姿からは、デモ星の前でうなだれていた弱々しさは消え失せている。

「高柳君、悪いことは言わん。上司に限らずだけどな、美味い飯を、美味いまま食べられる相手と時間を重ねた方がええよ。さっきの彼は、愚痴をまき散らしながら、君の時間を奪っとるとしか思えん」

三原さんは、ゆったりと鞄から名刺入れを取り出すと、一枚を高柳さんに渡した。

「興味があればうちに来なさい」

名刺に目を落とした高柳さんは、目を大きく開いて三原さんを見つめ、

「はい、ありがとうございます！」

と興奮気味な声をあげた。

とん、と焼き鳥の盛り合わせが二人の前に置かれる。ん？　と顔を上げた三原さんに、

「気持ちです」と、良さんが右の口角を上げる。

「嬉しいねぇ」

目尻を大きく下げて笑うと、三原さんは店でいちばん高い酒を二つ注文した。

大人たちの粋なやり取りに感動しとるっちゅうのに、い……今のは、笑顔だろうか？　良さんは今、笑ったんやろうか？　という驚きがぐるぐると回るせいで、俺の思考はひどく混乱しとった。


「なんこれ？」

ある日、寮までやってきた母ちゃんを玄関に迎えに出ると、その足元に大きな荷物があった。持ち上げれば、ずっしりと重い。

「あんたのバイト先に持ってくんや。真子さんにはここに入った時に挨拶しとるけど、バイト先はまだやからな」

「え？」

「なんや、行ったらまずいんか？」

詰め寄ってくる母ちゃんに、「まずいことはないけど」と呟やき、靴を履く。

「こない重いの、よう持ってこれたな」

手の指に食い込んでくる荷の重さに顔が歪む。

「あんたが世話になっとる人に会うんやから、重たいもんも重たないやろ」

母ちゃんは、筋が通っているような、いないような返事をすると、

「体ばっかり大きゅうなって、情けない」

と、俺の尻を張った。


急に訪れた俺たちを、良さんは快く迎えてくれた。

あれは笑っとるんやろうか……と大きな疑問の残る、右の口角を少しだけ上げた顔で、良さんは母ちゃんの前に温かい茶を置いた。

大荷物をほどき、家の畑で穫れた野菜やら、冷凍のアマゴやらを取り出すと、「いつも、アキがお世話になっとります」と、母ちゃんは、体を半分に折り曲げるように深々と頭を下げた。

「ぎょうさん、ありがとうございます。初めは使いもんにならんでしたが、持ち前の素直さで仕事を覚え、ぼちぼちになってきたところです」

良さんの言葉に満足そうにうなずくと、

「これからも、よう鍛えてやってください」

と、母ちゃんはまた、膝につくほど深く頭を下げた。

普段褒めることのない良さんの「ぼちぼち」は、俺にとって、震えるほど嬉しい言葉だった。

「次は、主人とゆっくり食べに来ます」

母ちゃんは仕込み中の良さんにもう一度頭を下げると、『一心』を後にした。

滞在時間五分弱。けれど母ちゃんは確信を持って言い放った。

「どうやら、ええ人んところで働かせてもろうとるみたいやな。あん人は嘘のない人や。会《お》うた瞬間、ヤクザや思うたけど、ヤクザでも堅気でも、もうどっちでも構わん、感謝して働かせてもらいや」

と無茶苦茶なことを言うと、

「どっか、死んだお義父《とう》さんを思い出させるとこがあるな」

と目を細めた。

「これは藤代荘の分。ちゃんと真子さんに渡すんやで」

母ちゃんは俺に袋を渡すと、ホームに滑り込んできた電車に乗り込んで短く手を振った。

袋の中身は、覗かなくともわかった。俺の好物、朴《ほお》の木団子だ。

家族で山に遊びに出かける日、母ちゃんはいつも、家族で食べる量をはるかに上回る数の団子を作って山に登った。そして、山で会う人会う人に、「こんにちは、ええ天気やなぁ」「疲れたやろうから、甘いもんでも食べてな」と言って餡こ入りの朴の木団子を配り歩いた。

自転車で全国を回る一人旅の青年に声をかけ、家に連れ帰って一泊させて、翌朝朴の木団子を持たせて見送ったこともあるほど、母ちゃんのおせっかいは筋金入りだ。

俺にとっては当たり前のその光景が、他の家ではありえないことだとわかった小学生の頃、俺は母ちゃんに訊ねた。

「なんで母ちゃんは、見ず知らずの人の世話を焼くんや?」

「せやな、理由は二つあるな。今、母ちゃんが人のお世話をすることで、順繰り回って、カズやアキが大人になった時に、誰かさんに世話してもらえたらええな、と思うてやっとるのが一つ。も一つは、単純に、人が喜ぶ顔を見るのが好きなんや」

と、母ちゃんは大きな笑顔を見せた。

人が喜ぶ顔を見るのが好き。その言葉は、小さかった俺の胸にも、すっと入り込んだ。

人の世話を焼いている時の母ちゃんは、たしかにいつも幸せそうに見えとったし、小さい頃から、俺は、そんな母ちゃんを見るのが好きやった。

駅のベンチで団子を頬張りながら、そういえば俺自身も、人が喜ぶ顔を見るのが好きやったなぁと思い出す。

その日の俺はささいなことから澪と喧嘩したことで、学校に行くのが億劫になった。倉《くら》田山《たやま》の坂を下り、気づけば神宮の内宮前。自転車を止め、学校に「やっぱり今日は休みます」と電話すると、一礼をして内宮の大鳥居をくぐる。

いつ以来だろう。宇治橋《うじばし》を渡り、白玉砂利の参道を歩く。火除橋《ひよけばし》を渡って手水舎《てみずしゃ》で手を洗い、第一鳥居をくぐって、五十鈴川の御手洗場へ下りる。

その時、ふと見ると、杖をついたじいさんが目の前でよろけ、ごろんと転がるのが見えた。

「じいちゃんっ、大丈夫かよ？」

駆け寄り、その腕をつかんで起こすと、

「ありがとう、ありがとう」

とじいちゃんは深々と頭を下げた。顔を上げるも、焦点が合わない。

「歩けるか?」と問えば、「申し訳ないが、近くにある石に座らせてほしい」と言う。

俺はじいちゃんの腕を取り、近くの白石に座らせた。濃紺の作務衣の上下に同色のベスト、雪駄に杖といういで立ちは、いつか俺のじいちゃんと見た時代劇の中の黄門様を思わせる。

「ああ、もう大丈夫だよ。ありがとう」

大丈夫だと言ったのに、じいちゃんは俺の手を握ったまま離さない。

「目、見えないんか?」

手を振り払うこともできずに、俺は焦点の合わない目を覗き込んだ。

「目は見えんが、光はわかるよ。それから、声で君がいくつくらいかもわかる。たぶん君は……高校生くらいかな? 学校はお休みなんかな?」

さらりと目が見えないと告白しつつ、じいちゃんは、俺の年の頃を言い当てた。

「すげぇな」

感心の声を漏らすと、

「視力を失った代わりに、他の機能が発達したんだよ」

とじいちゃんは、柔らかい笑みを浮かべた。

「ここに座っているとね、五十鈴川の流れる音や、梢の揺れる音、風の柔らかさや匂いで、季節の移り変わりもわかるんだよ。私の前を通り過ぎる参拝客の足音で、その人が満たされているのか、不安の中にいるのかも、なんとなくね」

俺から手を離すと杖に両手を乗せ、じいちゃんは五十鈴川へ顔を向けたまま、ゆったりとした口調で言った。人は何かを失うと、別の何かを得るんかもしれん……。

「君の足音には迷いが混ざっていたようやけど、学校を休んでいるのと、何か関係があるのかな？」

とじいちゃんは再度訊ねてきた。

めんどくさいと立ち去ってしまうこともできたのに、気づけば俺は、じいちゃんに自己紹介をし、欠席の理由を話して聞かせていた。じいちゃんの醸し出す、穏やかな雰囲気の前で、自分をさらけ出してみたくなった。

澪とのことを語りながらも話は横道にそれ、俺は生まれ育った大杉谷のことや、中学でのいじめについてまで話してもうた。

にこにこと相づちを打ちながら、じいちゃんは静かに耳を傾けてくれる。そして、俺が話し終えるのを待って、口を開いた。

「昭文君、人は、人との出会いを通して自分と出会うんや」

「出会いを通して？」

「うむ。君はその澪さんのことが好きなんじゃな。こと、恋愛に関しては、その影響を多く受ける。嫉妬や独占欲を通して、自分の中の醜い面を見ることもあれば、こんなにも一人の人を想うことができるんやな、と、嬉しく思うこともあるやろうしね」

じいちゃんの優しい笑顔に、俺も自然と目尻が下がってしまう。

「昭文君、君に言葉を贈ろうと思うんだが、筆記用具はあるかな？」

俺は返事をして、慌ててノートとペンを取り出すと、

「準備できたよ」

と、じいちゃんの肩をポンポンと叩いた。

「人みなの　奥に輝く光あり　出会いを通して　照らし照らされ」

書き取った言葉を、確認するようにゆっくりと繰り返した俺に、じいちゃんは、うん、うんと二度うなずいて、俺の方に体を向けた。

「自分が照らそう、照らそう思うて相手を照らしているつもりが、実は照らされていたりする。与えているつもりが、与えられていたりもするんだよ」

「どういうこと？」

「昭文君は今、昭文君の心でしか澪さんとの関係の変化を見とらん。その視点を澪さんに変えて見てみると、別のものが見えてくるかもしれんよ」

「澪の視点で……」

喧嘩の時の、澪の悲しげな表情が浮かぶ。頭を抱えてため息をつく俺の背に、じいちゃんの温かい手が乗せられる。

「澪さんの奥にも、昭文君の奥にも、光ありやね」

ドクンと胸を突く痛みが喉元にせり上がってくる。うつむきながら、俺はそれまでよりもいちばん、澪を恋しく思っていた。

「あのさ、じいちゃんって何者なん……？」

俺の問いかけに、

「中園《なかぞの》先生っ！」

と若い男の呼びかけが重なる。

「先生っ、お出かけの際は、ひと声かけてくださいよ」

その男は心配顔で駆け寄ってくると、ちらりと俺を見て、短く頭を下げた。

「慎吾《しんご》、神宮さんの中で大きな声を出すんじゃありませんよ」

諭すように言ったじいちゃんの前で、慎吾と呼ばれたその人が「はい」と、子どものような返事をする。

「視力を失い得たものも多いが、出歩く自由は減ってしまいましたな」

じいちゃんは苦笑を浮かべると、その手を握手の形に変えた。

「君との会話が楽しくて、つい自己紹介が遅れてしまったね。私は、中園靖春《やすはる》。ここには毎日来ているから、また話し相手になってくれたら嬉しいよ」

力強い握手に、反対の手を添え、

「俺もじいちゃんに会えてよかった。また、会おうな」

と素直に言葉が漏れた。友だちのように話す俺の口調に慎吾さんは目を白黒させとった

けど、

「先生、行きましょう」

と耳元で囁《ささや》くと、じいちゃんの前に腕を出した。慎吾さんの腕と杖を頼りに白石から立ち上がり、じいちゃんは去っていった。小さくなっていくその背に、

「じいちゃん、またな」

と叫ぶと、中園のじいちゃんは俺の方を振り返って右手を上げる。見えないとわかりながらも、ちゃんと見えていると信じて、俺はじいちゃんに頭を下げた。


「えっ、嘘でしょっ?」

俺は、中園のじいちゃんと別れてから、部屋にいると考え事ばっかりしそうなんが嫌で、仕込みの時間からバイトに入った。そこで良さんから聞かされた衝撃の事実に、思わず手を止めて、驚きの声をあげてしまった。

「でけぇ声やな」

そういう良さんに、再び鶏を串に刺しながら反論する。

「だって、良さんが元教師だったなんて、冗談もたいがいにしてくださいよ」

「何を聞き間違えとんねん。元教師やったんは、俺の親父や。うちの親父、豪快な人でな。左手の指が三本なかってん」

包丁で鶏を切りながら、良さんはさらりと驚きの発言を放つ。

「それって……」

やっぱり極道もんやったんか。と、思わず神妙な面持ちを浮かべると、

「お前、何を勘違いしとんのか知らんけど、親父は大学通うために、自分で指切り落としたんや」

と良さんは言った。

「え？　自分で自分の指を、ですか？　しかも大学行くためって、どういう意味……？」

驚き発言の連発に思考が追いつかん。

「どうしても教師になりたかったんやけど、学生の頃に家と揉めて仕送り止められたそうでな。で、学費払うために、バイト先の工場の機械に指突っ込んだんやて」

脳内に浮かぶ映像に、肝が冷える。

「身体に障がいがあれば、労災も下りるし補助金ももらえるからな。そうまでして教師に

なった親父の葬式の日にな、俺はスイッチが入ったんや」

「スイッチ、ですか?」

良さんは作業を続けたまま言葉を連ねた。

「親父が亡くなったんはもう十年以上前の話やけど。親父の教え子で溢れ返る斎場で、俺は親父の息子ってだけで、大勢の人から感謝されたんや」

「はい……」

「そん時な。親父に恥じない生き方をしよう、てな」

良さんは、ほんの少しだけ、作業の手を止めた。

「ちょうどその頃、俺は自分のためだけに金儲けをしとった。儲けた金も自分のためだけに使って、東京で作った会社つぶして、借金まみれのどん底やったんや」

壮絶な人生のオンパレードについていけず、俺は微動だにできんかった。

「だからなおさら、親父が人のために生きてきた証みたいなもんをな、人で溢れる斎場で目の当たりにして、スイッチが入ったんや。そっからガムシャラに働いて借金返して、ここを開いた」

「はぁ……」

すごすぎて、感心だか、驚きだかわからない声が漏れた。

「俺は、来るもんを拒まん。前科もんだろうが、ムショあがりだろうが、面接に来た奴は受け入れる。そんで、本気で育てるんや。よそではじかれるような奴らはめんどくさい奴もおるけどな、腹くくって向き合えば、みんなええ奴や」

自分のふがいなさだけが大きく膨らんでくるようで、俺は思わずうなだれた。

「なんや、どないした？」

俺の様子に気づいた良さんが、低い声を向けてくる。

「なんか、俺、自分がミジンコみたいに思えます」

「はっ。ミジンコか」

「自分、小《ちっこ》いなぁって」

「『一燈照隅　万燈照国《ばんとうしょうこく》』や」

良さんはそう言うと、額のねじり鉢巻きを取って俺の前に広げた。汗でよれた白い手ぬぐいに『一燈照隅　万燈照国』という藍の文字が書かれている。

「比叡山《ひえいざん》の最澄《さいちょう》大師の言葉や。真心をこめて自分の役割を全うすることで、社会に貢献する一つの光になる。小さな光でも、そばにいる誰かを照らすことができれば、一つの光が、いつか国を照らす万の光となる」

「真心こめて……」

まな板の上で指をトントンと慣らしてから、良さんはふとこちらに厳しい視線を向けた。

「自分がミジンコやと思うことも結構。それやったら、ミジンコはミジンコなりに、自分の居場所を照らせ。自分の周りを照らせ。自分が客やったら、どんな店で過ごせたら気持ちええか、ってことを、常に考えろ。その積み重ねが、いつか人を変えて、店を変える。国を変える。それくらいに大きな光も、もとはミジンコの光から始まるんや。お前、彼女の一人も、ぴっかぴかに照らすこと、できとんのか？」

俺はその晩、中園のじいさんの話と良さんの話とが頭から離れず、澪の顔を思い浮かべては、眠れない夜を過ごした。

◆

僕は新幹線の窓に額をつけ、猛スピードで後方に流れゆく景色を見つめながら、長いため息をついた。

「……アキさんがうらやましいです」

「なんがや？」

「人に恵まれてたんですね……」

情けなく耳に届いた自分の声に、唇が尖っていく。

「ワクちゃん、それはな、威張りくさって、仲間外れにおうて、痛い目みた俺が、同じことは繰り返さんようにしようって誓って、人に嫌われんようにしたからや。ま、話を聞いた限りでは、ワクちゃんの孤立と俺の孤立では、だいぶケースは違うけどな。家から出たら、そりゃ出会う人は増えるよ。でも、今のまま家に引きこもっときたいっちゅうんなら、家におったらええし、それが嫌やったら出てきたらええんちゃう？」

「たしかに……そうだよね」

額を窓につけたまま呟いた僕の背後で「それや、ワクちゃん」とアキさんが声をあげる。

振り向き、僕はアキさんの目を覗き込んだ。

「良さんも言うてたけどな、『素直な心と謙虚な姿勢ほど、強力なものはない』って、これほんまやで。もしもな、ワクちゃんがこの先、外に出るようになって、良さんや中園のじいさんみたいなスケールのでかい人間に会《お》うてもな、ワクちゃんが心を閉ざして、斜に構えとったら、その人らは、あっという間にワクちゃんの前を通り過ぎていくで」

僕はじっと、アキさんの目を見つめた。

「人の話を聞くのにもな、素直の法則ってのがあってな『すごいですね』『なるほど～』『おもしろいですね～』って相づちを、心を込めて打つとな、不思議と自分の心もちゃんと相手に向くしな、相手も心開いてくれて、どんどん大切なこと教えてくれよったりするもんなんやて」

アキさんの言葉にうなずきながら、僕は僕の素直さについて考えていた。

少し前に、夢うつつの中で見た幼い日の記憶。

あの頃の僕は、たぶん素直な子どもだった。素直か素直じゃないかなんて考えることもなく、泣きたい時には泣いて、嬉しい時には笑うことができた、心のままの自分だったと思う。

でも僕は、いつからか、素直さをなくしてしまった。それはいつからだろう……。

うつむいた僕を、アキさんがじっと見ているのを感じながら、僕は、なんだかとてつもなく大きなものを見落としているような気がしていた。

「アキさん、僕も、今自分がミジンコみたいに思える……」

「なんでや」

肯定するでも、否定するでもないアキさんの声が、耳に優しく届く。

「ちょっと、長くなるけどいいですか？」

そう問いかけた僕に、「もちろんや」とアキさんは小さく笑った。

「僕の父さんも、アキさんのお母さんみたいに、僕のことを『天才』『天才』って言ってくれた人だったんだけど、ある時期から、言ってくれなくなった」

「ほぉ」

「中学三年に上がる前の春休みに、父さんは、二十五年勤めた大手の電気会社をリストラされたんです。それまで、僕の家は、自分で言うのもなんだけど、それなりに幸せで仲のいい家族だったと思う。だけど、あっという間に、それこそ、ガタガタと音を立てていくみたいに、家の中が荒れていったんです」

聞いてるよ、と言うようにアキさんがうなずいてくれる。

「専業主婦だった母さんはパートを始めて、疲れて帰ってくると、一日中家にいる父さんと喧嘩を繰り返すようになって……」

家に充満していた重たい空気が、苦く蘇る。

「しばらくして、父さんも清掃会社で働くようになったんだけど、収入は前よりも落ちちゃったから、母さんは僕に言ってきた」

「何て？」

「『高校は、都立にしてほしい』って。僕は小中高と一貫の私立校に通ってたから、都立に行くってことは、受験勉強するってことだけじゃなくて、友だちとも別れるってことだった」

ふう、と吐き出したため息さえ受け止めるように、アキさんは僕の声に耳を傾けている。

「仕方ないって思っても、不満でした。なんで僕だけが、こんな思いをしなくちゃいけないんだよ、って。そして、その気持ちは、少しずつ怒りに変わっていったんです。僕の中には、リストラされた父さんを不憫《ふびん》に思う気持ちは、これっぽっちもなかった。ただ、僕の世界を壊されてしまったことへの怒りだけがあって、その原因を作った父さんに、その怒りが向かっていったんです」

アキさんは黙って、次の言葉を待っていてくれた。

「高校の雰囲気がどうとか、担任の先生の否定的アドバイス二点セットも、たしかに、学校へ行かなくなった原因の一つだと思う。だけど、もしかしたら僕は、父さんへの当てつけに学校へ行かなくなったのかもしれません」

言葉にすることで、僕は初めて、自分がそんな気持ちでいたことに気づいた。

「リストラされた父さんが許せない、父さんのせいで僕はこんなになったんだって思い込んでた。そうすることで、自分は正しい、間違ってないって思いたかったから。でも、本当はそうじゃなかった。学校に行かなくちゃいけないってわかってるのに、それができない自分の気持ちをちゃんと説明できるような言葉を僕は持ってなくて、それが怖くて。だから、父さんのせいにした。リストラされたダサい父さんに僕が重なって、だから……だから……。僕は父さんをまっすぐ見ることができなくなったんです」

うなだれる僕の頭を、アキさんの大きな手が優しく包み込む。

「たしかに、自分のこと、ミジンコに思えるかもしれん。でもなワクちゃん、そんな自分自身に気づくことが大事なんやで」

こみ上げてくるものを、唇を噛んでのみ込みながら、僕はうなずいた。

「それにな、もしワクちゃんが本気で表現者になりたいんやったら、今の体験かて、充分ネタになるんとちゃうか？」

父さんとの確執に、高校での疎外感、そして引きこもりも、ネタになる……。

そんなこと、考えたこともなかった。それらは全部、僕の創作の邪魔をするもんだと思ってた……。

僕は思わずふっと笑みを漏らした。

「なんや、泣いとると思うとったら、今度は笑っとんのか？」

アキさんは、どこか嬉しそうにそう言うと、

「さっ、そろそろ俺の話もクライマックスに向かってくでぇ」

と悪戯《いたずら》な目を向けてきた。

第四章

小田原駅〜新横浜駅間

澪との関係は、二年に上がった頃から少しずつ変わっていった。

学年全体が進路指導を本格化していくにつれ、澪が受験に向けて塾の日数を増やすようになったからや。

せやけど俺には、自分の将来が見えん。

俺は、澪のように少しでもいい大学に入ろうと努力することに意味を見いだせんかった。そもそも、いい大学っちゅうのがどういう大学を指すのかもわからなければ、いい大学と言われる大学に入れば単純に幸せになれるっちゅう思考回路を、持ち合わせとらんかった。

長い間、多くの人がよしとしてきた当たり前を疑いもせんと進むことの方が、俺には、将来を深く見つめていないように思えたんや。

それでも、いつまでも楽しいことだけに目を向けていられるわけやない。

アホな俺なりにそれだけはわかっとるけど、答えをどう出せばいいんかは、さっぱりわからんかった。

気持ちの整理がつかんまま三年生になると、澪と俺は互いに「トクシン」クラスになった。とはいえ、澪は正真正銘の「特別進学クラス」で、俺は「特別心配な奴が集められたクラス」。教室が端と端になったことや、受験モードを強化させ、毎日のように塾に通うようになった澪とは、自然と顔を合わす時間が減っていった。学校での授業に加え、帰宅してから塾に行き、休日もなく勉強する澪のことを、すげぇなと思いながらも、俺はどっかで疑問を抱いとった。

そんなに勉強に打ち込むだけの毎日で、本当に幸せなんか？　今だからこそ、もっと、いろいろやることあるんとちゃうか？

そんな俺の疑問に薄々気づいていたのか、澪は、夏の初めにあることを俺に告げる。

伊勢では毎年、夏になると日本中の花火師が集い、安全を祈念しながら花火を打ち上げる花火大会が行われる。夏期講習で忙しいという澪も、この日だけは息抜きがしたかったらしく、俺たちは伊勢市駅で待ち合わせをして、通称「宮川の花火」と言われる伊勢神宮奉納全国花火大会へ向かった。

久しぶりのデートだからか、澪が浴衣を着ているからか、うまく澪と目を合わせられへん。淡い緊張を抱えたまんま、伊勢市駅構内で鳴る風鈴の音に送られ、月夜見宮《つきよみのみや》の裏を通って、徐々に人出の増えていく国道を進んでいった。

澪もどこか伏し目がちに隣を歩いているせいか、まるで付き合い初めみたいなぎこちない空気を感じる。

紺地に白い朝顔の藍染浴衣。細い腰に巻かれた辛子《からし》色の帯。高い位置で丸められた髪には小さい花がついたかんざしが挿し込まれ、吸い込まれそうになる白いうなじに、おくれ毛が汗で張り付いとる。

俺は緩む頬をごまかすように、鼻をこすったり、空あくびをしながら、宮川を目指した。見物客で賑わう度合橋《わたらいばし》まで来ると、露店の香ばしい焼きトウモロコシの匂いや、綿あめの甘い匂いに混ざって宮川の匂いがする。生まれ育った村の真ん中を流れる宮川の匂いは、やっぱりすぐにわかるもんや。

「あと十分で始まるね」

巾着《きんちゃく》から出した時計に目を落とす澪に、

「良さんが焼き鳥持たしてくれたから、露店回らんで席探そうや」

と、俺は度合橋を渡らず、右岸の桜並木の方へ澪の手を引き、堤防の斜面を下った。

空いているわずかなスペースに、澪が持ってきた小さなシートを広げて座ると、俺はリユックから焼き鳥入りの袋を取り出した。固く結ばれた袋をほどけば、アルミで包まれたおにぎりも見える。

「嬉しいね。今度、お礼言いに行かなあかんね」

「ええよ。澪は可愛いから、とって食われる」

うつむきがちだった澪の笑い声に、俺の頬も緩む。

「あ！」

澪の視線の先を追えば、夜空に勢いよく上がっていく花火玉の光。上がりきった場所で光は闇に消え、すぐに鮮明な色が夜空に咲く。ドンっと乾いた音に歓声があがると、遅れて、煙の臭いが風にのって流れてきた。

「ああ……きれいやね」

尖った顎を傾け、目だけ俺に向けてくる澪の視線が、やけに色っぽい。澪だけが先に成長しとるように思えて、情けなさが胸に広がる。

気持ちを押し殺して、アルミで巻いたおにぎりを澪に渡すと、俺は自分のおにぎりにかぶりついた。塩気が絶妙で、「うまっ」と声をあげた俺に続いて、「ほんと！」と、花火に照らされた澪の笑顔が見える。

「こっちも美味いで」

口元に差し出したつくねをパクっと口に含むと、澪は目を見開いた。花火の輝きを映し出す澪の目に見惚《みと》れながら、

「美味いやろ？　ほら、これも」

と鶏串を持たせる。

「片手におにぎり、片手に焼き鳥なんて、色気も何もないやん」

はにかむ澪に、

「そんなことないで……」

と返した俺の言葉は、花火の音にかき消されたらしく、澪はおにぎりと鶏串を交互に口に運びながら、にこにこと花火を見上げとる。

「美味しかった、ありがと」

口元をハンカチで拭うと、澪は短く笑った。笑ったくせに、すぐに小さなため息をこぼす。

「なん？　急に」

ううん、と首を振り、抱えた膝の上に顎を乗せると、黙り込んでまう。

パっと視界が明るくなり、雨音のような花火の音が耳に届く。また明るくなり、大きな歓声があがる。草の匂いの混ざる夏の夜風が、二人の間を通り過ぎていく中、俺は漠然とした不安に包まれとった。

「澪……」

「うん」

「どした?」

「……うん」

少し前に、美味いと目を見開いた澪の目はたしかに幸せそうやったのに、次の瞬間にはふさぎ込んでしまうその変化に、俺は戸惑い、混乱する。

「あんな……」

消え入りそうな声で澪が呟く。

「二人きりで会えん日が続いとる時にな、学校でアキちゃんが女の子と話しとるの見かけて、うち、ちょっと、寂しかって……」

口を開きかけた俺を遮り、澪が続ける。

「わかっとるっ。会えん理由作っとるんはうちなんやから、そんなふうに嫉妬したり、寂しく思うのは身勝手やって……。それに、今は、勉強頑張らないかん時期やっていうのもわかっとる。ほんまは、アキちゃんのことも勉強も、両方一生懸命できたらええな、思うけど……どうやらうちは、そんなに器用じゃないってこともわかってきて……、どっちも欲しいって手ぇ伸ばしたら、なんやどっちも中途半端になって、どっちも手にすることができやんかもしれんって怖くなって……、アキちゃんと会《お》うとる時も、他の子は頑張っとるかもしれんって考えると、楽しいままおれんようになって……どんどん苦しゅうなっていって……それで、それでね……うち、考えたの……、受験が終わるまで、会うのはやめようと思っとる……」

伊勢の夜空を彩る花々も、宮川の川面《かわも》に映るもう一つの花火も、腹に響く音も、何もかもが胸を締めつけてくる。

放たれた言葉が矢になって、体に突き刺さっとる感じや。

「本気か?」

澪がコクリと顎を引く。もう一度訊ねんでも、まっすぐに見つめてくる澪の目を見れば、本気なんやってことくらい充分にわかった。

俺は喉元に出かかる本音を、歯を食いしばってのみ込むしかなかった。

「勝手なこと言ってごめん……。自分の都合ばっかりなうちに呆れて、もう付き合いきれんって言うなら、今日ここでわか……」

その先を聞きたくなくて、俺は澪の唇をふさいだ。

どこにもぶつけることのできない怒りが、むくむくと胸中に広がっていくのが怖い。俺はしがみつくように澪をかき抱《いだ》いた。どんなに身を寄せても、近づくことのできない距離を感じて、目の奥が熱い。

「……ごめんね」

唇を離して澪がそう言うたびに、俺は何度もその口をふさいだ。

重ねた唇を濡らす涙が、澪のものなのか俺のものなのか、もう、わからんかった。

澪に会わなくなってから半年が経とうという正月。実家には、東京でカメラマンのアシスタントをしながら一人暮らしをしとるカズ兄が帰ってきとった。

カズ兄は、子どもの頃の大人しい面影を残しつつも、伸ばした口ひげと黒ぶちのメガネのせいか、あか抜けて見える。

「さむっ」

居間へ入ってきたカズ兄を呼び止め、

「なぁ、春になったら、カズ兄のとこで暮らしてもええか？」

と訊ねる。今の今まで、そんなこと微塵も考えとらんかったけど、口に出してみてから、

「ああ、それもええな」と思えた。

「家賃とるで」

了解でも、断るでもなくそう答えると、カズ兄は湯呑みに茶を淹《い》れ、居間を出て行ってしまった。


春になったら、東京で暮らす。

澪が第一志望の東京の大学に受かれば、俺たちはまた東京でも付き合っていける。

そんな想像に思わずニタっと笑いながら、俺も居間を後にした。

そして、三月の初め。澪からの久しぶりの電話に、俺は転げ落ちるように藤代荘の階段を下り、真子さんから受話器を受け取った。

食い込むほど、耳に強く受話器を押しつける。

「……たの」

「え？　よう聞こえん」

「……大学、ダメやったの」

澪が口にしたのは、第一志望にしていた東京の大学の名前だった。

「そう、なんや……」

その先に続く言葉が見つけられず、しばしの沈黙が流れる。冷えた廊下の床から、じわじわと冷気が足を上ってくる。

「とにかく、まだ試験残ってるから、全部終わったら、また電話するね」

淡々と発する澪の言葉に、

「次はきっと大丈夫や。頑張ってな」

と返すと、小さな返事とともに電話は切れた。

受話器を握りしめたまま、俺は動くことができんかった。

澪との東京暮らしをするはずだった俺の夢が、あっけなく砕け散った。


冬を越えた樹々の枝を見れば、黄緑色の若葉を柔らかい日差しが照らしとる。

卒業式の後。

俺は、澪と過ごしたベンチに座り、三年通った校舎や校庭を眺めた。

校庭脇の小道の先にあるこのベンチからの景色に、感傷がよぎる。

これで見納めなんやな……。

小道を歩いてくる制服姿の澪から、視線をそらすことができない。

三年前の入学式の日、まるで雷に打たれたかのような衝撃の中で、俺は澪に一瞬で恋をした。

初々しい関係が続き、互いを名前で呼ぶようになり、手を繋ぐようになり、キスをするようになり、その先を求めるようになった。互いの思いをぶつけ合うようになり、喧嘩もして、仲直りもしたな。

この八か月間はほとんど会えんかったけど、その分、澪を想う気持ちが深くなったような気がする。

隣に座っていい？　というようにベンチを指さす澪に「もちろん」とうなずく。ふわりと香る澪の匂いが懐かしく、ぎゅっと胸が締めつけられる。

「卒業、おめでとう」

照れくさそうに俺を見つめてくる澪に、

「澪も、おめでとう」

と、笑顔を返す。触ってええのか……戸惑いながら、恐る恐る伸ばした俺の手を、澪がぎゅっと握り返してくる。

澪が東京の大学を落ち、俺が東京行きを決めている以上、俺たちの未来に、二人ともが三重に残るという道はない。どうしようもない不安に押しつぶされそうになる。

「まだ言うてへんかったけど、俺な、四月から東京の兄貴のところへ行くんや」

「え？」

「東京行きが決まっとるだけで、何をやるかは、まだ決まっとらん。俺、それでええ思うとるんや」

「それでええの？」

「何も決めんで、目の前のことを一所懸命にやろう思うとるんや。皿洗いでも、工場のバイトでも何でも」

「うん」

「そうやって生きてきた人らのな、かっこいい生き様を、『一心』で間近で見せてもろうてな、俺も、その人らのようになりたいって思うたんや」

「アキちゃんなら、何にでもなれるよ」

「何を根拠にそう思うんや？」

「だって、アキちゃんは応援団を惹きつける力があるやん」

「応援団？」

「そう。アキちゃんのことを好きになって、自分の持ってるものを与えてやろう、思うてくれる応援団」

「良さんとか、三原さんとか、中園のじいちゃんのことを言うとんのか？」

澪は「そ」と短く答え、続けた。

「アキちゃんの周りには、どうしてそうやって人が集まるんやろってずっと考えとったんやけど……、私それが何か、最近になってわかったんよ」

「何？」

「たぶん、素直さやと思う」

「素直さ？」

「アキちゃんは自分のことどう思うとるか知らんけど、うちはアキちゃんの素直なとこが好きやった。応援団のおっさんらも、そこが好きやったんかな、思うとるんよ」

賛辞の中にふと口にした過去形の言葉が気になる。

「それにな、人のええところを探すのが上手で、それをちゃんと相手に伝えることができるんは、素直な人やないとできんことやと思うんよ」

「それは、中学でのいじめの産物やで」

「その辛い日々のことを、そんなふうに受け止められるところも、素直な証拠や。アキちゃんが卑屈な心の持ち主やったら、いじめで受けた傷は、自分や誰かを攻撃する方へ向かうやん。そしたら、うちはアキちゃんを好きにならへんかったと思うし」

「そうなんかなぁ……」

自分のことはようわからん。そんな心持ちで呟けば、

「そうやと思う。やから、東京へ行ってもアキちゃんの周りにはきっとまた、応援団が出てくると思うんよ」

そう言うと、澪はふと真顔を向けてきた。

「アキちゃん、うちね、神戸の大学に受かったの」

「おお、おめでとう」

極力明るく言葉を向けてみても、顔が強張《こわば》っとるのがわかる。同じように、澪の表情も硬い。

「それでね、春からはとりあえずその大学に通うことも決まったの」

「家、出るんか？」

「うん。寮に入る予定。それでね……、その大学に通いながら受験勉強もして、また来年、東京の、今回ダメだった大学を受けるつもりやの」

手を繋いだまま、俺は視線だけで先を促した。

「神戸で過ごすこれからの一年は、もう先はないっていう覚悟で勉強しようと思っとって、そんな中、遠距離でアキちゃんと付き合うのは、正直無理やと思っとる……」

目を伏せ、短く息を吐き出すと、澪は消え入りそうな声で続けた。

「やから……、やからアキちゃん、うちと別れてほしいの」

言葉とは裏腹に、俺の手を強く握ってくる澪の手を、俺は黙って見下ろした。

「いつも……、うちの勝手でいろいろ決めてしもうて、ほんまにごめん」

澪は決めたことを貫く子や。それが魅力やし、俺はそんな澪の強さを尊敬もしとる。

そんな澪が描く未来の中に、俺が入り込む余地がないのもわかる。

でも、ほんまに、終わりなんか……。

他に、選択肢はないんか……。

澪の気持ちばかりを尊重して、俺の気持ちに蓋をしてもええんか……。猛スピードで問いが脳内を駆け巡る。

潔くない自分が情けない。でも、駄々をこねてでも、すがりつきたかった。

「なんで、一方的に別れることを決めてまうん？　たとえば、一年後の受験に受かるまで、待っててくれ言うなら、俺、全然、待ってられるで。それやのに、その選択すらのうて、別れるなんて……」

「もうっ」

顔を赤くした澪が、叫ぶように俺の声を遮る。

「もうこれ以上、うちの我がままでアキちゃんの時間を奪いたくないんよっ。うちは、どうしても東京の大学に行きたい。そのために、神戸で死ぬ気で勉強するつもりなん。それに、大学に通いながら受験勉強するなら、アルバイトもできん。親にお金の援助してもらうことになるのに、本気で挑まんと、うち、ダメになる……」

頭を叩かれたような衝撃が走る。

「うちは、うちでいるためにこの選択をしたん。それはうちの我がままでしかないから、アキちゃんに理解してもらえんでも、嫌われてしまうんでも、仕方ないことやと思うとる」

「嫌うわけないやろがっ」

小道から吹いてきた風が、吐き出したため息と一緒に流れていく。

繋いだ澪の手が、俺の手の中で小刻みに震える。

誰が悪いわけでもない。それがわかるからこそ、心の収まる場所を見つけるのは難しかった。

受験が終わったら、また付き合える。その期待だけが、会えずにいた日々の寂しさを支えてくれとったっちゅうのに。

もう先はない。その覚悟を持って、澪は勉強に打ち込みたいんや。そんな澪の重荷になることは、別れることよりも苦しいはず……。

やけど……。

やけど……。

「出発するのはいつなん？」

目を閉じ、澪の返事を待つ。

「来週の水曜日」

「一週間もないんか」

そう呟いて首を垂れると、もう顔を上げることができないほどに頭が重かった。二人の手は俺の膝の上で繋がれとるというのに、未来はもう別の方向へ進み始めとる。そのアンバランスな状況に、心がついていかへん。

喉元に出かかる言葉を必死でのみ込み、俺は静かに目を開けた。

「見送りに行く。何時なん？」

別れ話の答えを返さんままそう伝える。

「ええよ。親戚がその日家に来て、お昼食べてから見送りしてくれるらしいから。大げさよね……」

澪はそう口にして一瞬うつむくとすぐに顔を上げて、

「三年間、ほんまにありがとうね」

と、明るく笑った。


この手を離したら終わってまう。

それがわかっていても、俺は最後にふさわしい言葉を見つけることができんかった。

するりと澪の手が離れる。

立ち上がり、後ろへ数歩歩きながら、澪が右手を上げる。

「元気でね」

澪の言葉にうなずき、俺も右手を上げる。

スローモーションのように、背中を向けた澪の足音が遠ざかっていく。

夢みたいやなと思う。夢やったらええのに、とも思う。

澪と繋がっていた手のひらを見つめながら、俺は動くことができやんかった。

澪は泣かんかった。俺も、泣くことはなかった。

まだ現実を受け入れられないまま、時間だけが過ぎる。

そんな、ぼんやりとした別れだった。


日曜の夜には、稔と俺の卒業祝いが藤代荘で行われた。

「二人は何もせんでええですから」

「準備できたら、呼びますから」

二つ後輩の双子の瑛太《えいた》と宗太《そうた》の言葉に甘えて、俺たちは各々の部屋で過ごした。そして、一時間後に階下へ下りると、テーブルには、稔と俺の好物が並んでいた。

ビーフシチューにマカロニグラタン。チキンの照り焼きの隣の皿には、アジのなめろうにアマゴのフライ、ほうれん草の胡麻和えに、朴の木団子まである。アンバランスな料理で溢れた食卓に着席しながら、

「まさに、最後の晩餐やな」

とおちゃらけた稔の言葉に、

「さい、ごの、ば、んさん、なん、て……」

と真子さんは泣き出してしまった。

「早すぎますよ、真子さん」

背中をなでる稔の目も濡れとって、俺も泣きそうになる。

いくつもの別れが重なって、俺は、心の置き所がわからんかった。

「さ、みし、い。さみ、しいよ……」

隠しもせずに涙を流す真子さんがうらやましい。

言葉がするすると出ない分、真子さんは表情で会話をする。そんな真子さんの素直さが、澪に本音をぶつけることのできない俺には、えらい眩しく見える。

「俺たちがいるやないですか」

「世代交代っすよ」

稔を押しのけ、瑛太と宗太が真子さんの両サイドに座って、二人がかりでなぐさめに入る。

「送別会の日に世代交代とか言うなやっ、宗太」

「瑛太です」

瑛太の冷えた一撃に、稔はグッと声を詰まらせると、

「今さらの告白やけどな……一年一緒に住んだのにな……、俺、いまだにお前らの区別がつかんのや……」と、稔は頭を下げた。

「気にせんでください。俺たちも、覚えてくれとる先輩がアキ君で」

「覚えてくれとらん先輩が稔君って、覚えましたから」

瑛太と宗太の軽やかな反論に、真子さんの笑い声がダイニングに響き渡り、その後の宴は賑やかなものになった。

その雰囲気につられて笑いながらも、俺の胸は、澪のことできりきりと鳴くようにうずいとった。


アルバイト最終日。

店はいつものように開店とともに人々が流れ込んできて、瞬く間に満席。

忙しく動き回る時間の中では、最終日の感傷に浸る暇も、澪のことを思い出す暇もなか

った。威勢のいい声が飛び交い、ミスをすれば怒声が飛んでくる。そんな時間は、久しぶりに深く呼吸ができる気がした。

最後の賄いは、俺の好きな焼き鳥や。手招きされて三原さんの隣のカウンター席に座る。

「俺、今日で最後なんっす」

「聞いてるよ。東京へ行くってこともね。珍しく、大将が話してくれたんだよ」

三原さんはいつもの恵比須顔で笑った。

「長くここに通っているけど、大将がわざわざそんなことを言ってくるのは初めてでね、驚いたよ」

もくもくと上がる煙の中で、瞬きもせずに串を返す横顔を、俺はじっと見つめる。

「案外、君のことが可愛かったのかもしれんね。ま、それは私も一緒やけどね」

独り言のようにそう言うと、三原さんは空いたお猪口《ちょこ》をぬる燗で満たし、俺の前に掲げた。

頭を下げ、水の入ったグラスをお猪口に合わせると、俺は一気にそれを飲み干した。

見送りに出てきた良さんは、何も言わんかった。

出会った時と同じ、背筋も凍るような気迫を醸し出しながら、「元気でな」とか、「こっち帰ってきたら、遊びに来いよ」と声をかけてくれる斉木さんの隣に、黙って立っとる。

「お世話になりましたっ」

二人に頭を下げると涙がこぼれそうになり、俺は慌てて踵《きびす》を返した。

そして、明倫商店街のアーケードの入り口まで来たところで振り返ると、大声で礼を述べ、もう一度、深く頭を下げた。

アーケード内に響き渡る声の中で、良さんの右の口角が微《かす》かに上がったような気がした。


藤代荘に帰り着くと、俺はまっすぐに瑛太の部屋へ向かう。

「明日、朝いちばんに出る名古屋行きの列車を、教えてほしいんや」

俺の言葉に事態を把握した瑛太は、宗太の部屋に入って時刻表を持って戻ってきた。宗太も一緒に部屋に入ってくる。

卒業式の日に放心して帰宅した俺を、真子さんはひどく心配した。泣き出してしまいそうなその姿に観念して、俺は真子さんに、事の顛末《てんまつ》を話して聞かせた。そこには稔も、瑛太も宗太もいた。やから、俺が早朝の名古屋行きの電車を知りたがる理由を、二人は暗黙の了解で悟ったんだろう。

「伊勢市駅発名古屋行きで、いちばん早いのは……」

長い休みごとに、電車を乗り継いで遠出をしている電車好きの双子は、慣れた手つきで分厚い時刻表をめくると、

「……松阪《まつさか》駅で乗り換える、五時八分発ですね」

と声をそろえた。

「ありがとな。助かった」

部屋を出て行こうとする俺に、

「これ、持ってってください」

と宗太が時刻表を、

「寝坊したらまずいんで、これも」

と瑛太が目覚まし時計を押しつけてくる。

俺は改めて二人に礼を言うと「真子さんには、朝になったら伝えてくれや」と告げ、瑛太の部屋を後にした。

十一時を指していた時計をぼんやりと見つめている間に日付が変わり、澪と過ごした時間を思い返すうちに、藤代荘を出る時刻になった。


明け方の伊勢市駅は、ひんやりとしてまだ暗い。

人気のない近鉄伊勢市駅のホームで、ひとり線路を見つめる。

覚醒しきっとるせいか、脳内はシンと冷え、目に映る何もかもが鮮明やった。

澪も数時間後には、この駅に立つ。家族や友人に見送られ、ひとり名古屋駅を目指して、そこから博多行きの新幹線で神戸に向かう。

澪がこのホームに立つ姿を思い浮かべると、それはまるで、夢の中の景色のように思えた。

ホームに滑り込んできた電車に乗り込み、がらんどうのような車内の、誰もいないシートの真ん中に座る。

通り過ぎていく宮川を見つめる俺の顔が、車窓にぼんやりと映る。

澪の記憶はまだ、思い出と呼ぶには浅い場所にあるっちゅうのに、俺は、本当に彼女を失ってしまうんやな。

終点の近鉄名古屋駅に到着し、電車を降りると不意に腹が減ってきた。改札を通って小さな売店へ向かい、おにぎりと温かいお茶を買って、慌ただしくベンチで頬張っても、時刻はまだ八時にもなっとらん。

たしか両親と昼を食べてから伊勢市駅を出る言うとったから、澪が名古屋駅に現れるのは、きっとまだ先や。

リュックから宗太の時刻表を取り出す。

伊勢市駅発、名古屋行きの電車の、発着時間が記載された箇所に引かれた数本の赤線は、澪が乗ってくるかもしれん、予測の電車や。もちろん、それは予測でしかない。引いた線より早く来ることもあれば、もっと遅い電車で来ることもありえる。澪に会える確証なんて、どこにもあらへん。

鈍行で来た俺は近鉄名古屋駅に着いたものの、もしも澪が国鉄の快速に乗ってきたら、到着駅は名古屋駅になる。俺は確実に会える場所を目指して、名古屋駅の新幹線乗り場へ向かうことにした。

人口密度の増した名古屋駅の構内で、ほんまに澪を見つけることができるんやろうか、という不安にかられながら、新幹線乗り場の、改札近くのベンチに腰を下ろした。リュックからCDウォークマンを取り出し、イヤフォンを耳にさす。二年前に林田さんにもらったCD。これは俺の大切な一枚になり、澪も気に入ってくれたことで、よく二人で聴いた一枚にもなった。

高校を見渡せる小道の先のベンチで。『一心』の仕事終わり、ひとり藤代荘へ向かう夜道で。そして、澪に会えない日々の中で何度も聴いたアルバムを、三回繰り返し聴いた頃には、時計は十一時を回っていた。澪との対面を期待する胸に、緊張が走る。

俺はいったい何をやっとるんや……。何度もそう思った。

冷静に考えれば、俺は、別れた相手をひと目見たさに、何の約束もなく会いに来た女々しい男でしかない。それに、もしも会えたとして、俺は澪に何を言おうとしとるんやろうか……。

行かんでほしい。

別れたくない。

離れたくないねん……。

まだ、間に合う。

時計の針は頂点で重なり、正午を迎えた。

冷えた手に息を吹きかけながら、俺は約束のないその時を待った。


正午から長い針が一周し、そしてもう一周した。

緊張で張りつめ、痛み続けた胸が麻痺した頃、俺の視界が光を捉えた。

その光は、揺るぎない足どりで、まっすぐ俺に向かってくると、俺の胸に額をコツンと当てて止まった。

「どうして、おるんよ……」


「やられた……」と思った。肩先で揺れる髪が、三年前の春の出会いの衝撃を思い起こさせ、俺の中に、どうしても澪を手放したくないという欲が湧き上がる。

「髪、切ったんや」

「うん」

胸に顔を埋めたまま、澪が呟く。

「こんなに人がおるのに、アキちゃんのことはすぐにわかってしまうんやね……」

うつむいた澪の頭を両手で包むと、俺は自分の体を抱きしめるように、澪を腕に抱いた。

いつもの澪の匂いが鼻をかすめる。初めて、人の温もりを教えてくれたその匂いを、俺は胸いっぱいに吸い込んだ。

「この前、こうして抱きしめるの忘れとったな……思うてな」

「もう……」

腕に力がこもる。

「何時の電車?」

抱いたまま問えば、澪は、もう三十分もない出発時刻を答えた。

「ホームまで送るわ」

返事を待たずに澪の手を取り、事前に買っておいた入場券で改札をくぐると、ホームまでの階段を上る。

発車時刻を掲示板で確認し、空いているベンチに並んで座ると、停車中の新幹線が、高く発車のベルを鳴らした。

あと二回あのベルを聞いたら、澪はこの手を離れていく。

ゆっくりと走り出す白い車体が小さくなると、俺は視線を澪に戻した。

「澪ちゃん？」

「なん？」

「結城澪ちゃん……？」

「うん……」

「ほんまは俺な、澪に言いそびれたことがあって来たんや」

「うん」

澪がゆっくりと体を向けてくる。

「正直言うとな、今のこの瞬間も、別れとうない思うとる……。俺は澪が好きやし、たとえ一年に一度しか会えんでも、澪を好きでいる自信もある。やけど、澪の決断を、死ぬ気で勉強したいっていう澪の想いを、全力で応援してやりたいって気持ちも、その本音と同じくらいに大きくあるんや」

聞き終わるまでは目をそらさない。そう決めたかのように、澪がじっと俺の目を見つめてくる。

「その二つの気持ちがな、行ったり来たりしてほんま苦しいんやけどな、でも、この気持ちは、自分一人では知ることができやんかったもんや」

「うん……」

「俺の本音よりも、澪の覚悟の方が大事っちゅうか、澪の覚悟を守ってやりてぇなっていうような、どうしようもなく複雑な感情や」

ホームに滑り込んできた新幹線が俺たちの前で停まり、乗車待ちの人々の列が、開いた扉の奥へ消えていく。

澪の方へ体を向け、俺は続けた。

「その複雑な感情は、すげぇ苦しくて、すげぇ痛い。やけど俺な、澪を好きになって、自分の想いよりも、澪のことを応援してやりたいって本気で思った時にな、俺の中に、こんなにも誰かを想うことのできる心があったんや……って嬉しくも思うとる」

澪の瞳から溢れた雫《しずく》が、白い頬を伝い落ちる。

一筋、また一筋と流れる澪の涙を、俺は指で拭う。

「ありがとな、澪」

うなずき、俺の首に腕を回してきた澪の体を、そっと抱きしめる。

「……すれん、ずっ……アキちゃ……こと……忘れんから……」

泣きじゃくる澪の声を、発車を知らせるベルの音がかき消した。


ホームの先に二つのライトが見え、澪を運ぶ白い車体がゆっくりと近づいてくる。

ベンチを立ち、乗車を待つ列へと向かっていく澪の後を歩いた。

「あのな、澪」

列の最後尾から澪が振り向く。

「受験が終わって、東京での大学生活が始まったら、俺たち、また会わへんか？」

静かな澪の眼差しが、俺を捉える。

わかっとる。そんな未来は訪れんかもしれんっちゅうことも。

それでも、細い糸でもいいから、その先を澪に握っとってほしい。

新幹線の乗車口に立ち、澪が俺に手を伸ばす。

俺はその手を強く握り返す。

「また会えたら……いいね」

目の際《きわ》を赤く染めて笑う澪の手を引き、唇を重ねる。

俺たちが離れると同時に、ベルが鳴り響いた。

二人の間を隔てるように、ゆっくりと扉が閉まる瞬間、細く開いた隙間から「バイバイ」と、消え入りそうな澪の声が聞こえた。

閉ざされた扉の奥で、澪の顔が大きく歪む。

ゆっくりと動き出す新幹線を、体が勝手に追いかける。

嗚咽《おえつ》を抑えるように口元を押さえた澪の泣き顔が徐々に遠ざかり、絡めた視線がスピードに負けた瞬間、その姿は見えなくなった。

◆

いくつものトンネルを越える。

ビルが増えてきたことで、都市が近いことがわかる。

思わずため息が漏れた。恋愛なんてしたことがないのに、若い頃のアキさんと澪さんの心の動きに波長が合って、僕自身が十八歳の頃のアキさんにでもなったかのように、胸が痛かった。

「切ないですね……。でも、なんかうらやましい」

思わず本音がこぼれる。

「なんがうらやましいんや？」

「僕は、アキさんが経験したどれ一つも、まだ経験してない。厳しく僕を叱ってくれる人にも出会ってなければ、優しく諭してくれる人にも、辛くなるほど誰かを好きになったこともないです」

「そりゃ、ワクちゃんが人と関わることを避けとるからやろ。自分一人でええと閉じこもっとる奴の殻を、わざわざ外から破ってくれる人なんて、親以外では、そうおらんやろ」

ごもっともとうなずきながらも、隣にいる例外のおっさんの存在に、ふっと笑みが漏れる。

「でも、アキさんは入ってきてくれました」

「いや、ノックはしたけどな、ノックした扉を開けたんはワクちゃんやで。ノックしたって、開けたくなけりゃあ、そのまま殻にこもっとくこともできたやろ？　キャップを深くかぶったり、イヤフォンで耳をふさいだりしてな」

気づかれてた……。アキさんは悪戯な笑みを向けてくる。

「だとしたら、なんでアキさんには、そうできたんだろ？」

「そりゃ、殻の外が見てみてぇって、ワクちゃんが大阪まで出てきとったからやろな」

自分の言葉に大きく納得しながらうなずくと、アキさんは続けた。

「そういや、ワクちゃんは、何の喧嘩して大阪まで来とったんやったっけ？」

興味津々、子どものような目で僕の返事を待つアキさんに、

「度胸試し……みたいなもんです」

と答える。

「何のや？　どこまで一人で行けるか？　みたいなもんか」

「ううん。僕、学校行かなくなってから、家でギターの練習ばっかしてて、時々ＳＮＳに動画も上げてるんですけど……」

「ほう」

感心するように、アキさんは僕の方に身を乗り出してくる。

「その動画の再生回数が案外多くて、いいねもいっぱいつくから、僕はどっかで、いい気になってました。学校行かなくたって、友だちがいなくたって、僕はここでちゃんと評価されてるんだ、みたいな……。そしたら父さんが、普段僕に何も言わないくせに、『本気

で音楽の道に進みたいんなら、一度でいいから人の前で歌ってこいよ』なんて偉そうに言ってきた。それで、売り言葉に買い言葉じゃないけど、『歌ってきてやるよ』って返したんです。そしたら、『中途半端な場所じゃなくて、大都市で歌ってこい』なんて煽《あお》ってきたもんだから……」

「おもろいなぁ」

アキさんがキラキラした目で、さらに身を乗り出してくる。

「でも、東京で歌うのは、知り合いがいるかもしれないし、なんかちょっと恥ずかしくて」

「それで大阪か」

「うん。『旅費は出すから行ってこい。でも、歌えなかったら返せよ』って言われてさらに頭にきて、『歌えないわけないっ。僕は、父さんみたいに、誰かに雇われたり、勝手に首にされたりしない生き方をするんだ。本気でミュージシャンになりたいって思ってるんだからっ』って、結構ひどいこと言って出てきたわりに……」

「なんや、弱気になったんか?」

どこか嬉しそうなアキさんの目に鼻白《はなじろ》みながら、僕は顎を引いた。

「それが、今のワクちゃんや。素直に受け止めや」

「わかってます……」

しょぼくれた僕の隣でアキさんはにこにこしながら、

「ところでな、俺、その後澪と会うたんやで」

と口にする。目を丸くした僕に、アキさんは「ここまできたら、しまいまで聞いてや」

とニンマリ笑った。

第五章

新横浜駅〜東京駅間

東京のカズ兄のもとで暮らして一年が過ぎても明確な目標や未来が見えん。

俺は、このままアルバイトをしながら人生を終えるんやろうか……。

そんな悶々とした日々を過ごしとったある日、心臓が飛び出るような出来事が起きた。

アルバイト先の居酒屋で、カウンターに座る女子大生二人。聞こえてきたその会話から、二人が通う大学は、澪が目指していた学校だとわかった。しかも、彼女たちは入学したばっかりの一年生。一浪した澪がもし入学しとったら、同学年っちゅうことや。

「いきなりすみません……。その大学に、三重出身の女の子っていたりしませんか？」

思わず俺は、彼女たちに訊ねた。

「え？　三重出身～？　誰か知ってる？」

「三重って伊勢のあるところだよね？　たしか、伊勢出身って誰かに聞いたことあるような気がするけど、誰だったっけな……」

思い出そうとする二人を前に、たまらずその名前を口にする。

「……結城澪」

「あ、そうそう！　澪だ〜、澪が言ってたんだ！」

「え？　お兄さん、澪のこと知ってるの？」

「え〜、こんなことってある〜？　すっごい偶然じゃな〜い？」

「お兄さんも、伊勢出身なの？」

興奮気味な声をあげる二人を前に、俺は、こみ上げる気持ちを抑えられんかった。

澪はほんまに夢を叶えたんや。

有言実行の澪を誇らしく思うと同時に、澪が東京にいるという事実が封印した想いをもう一度燃え上がらせる。心がまっすぐに澪に向かっていくのを、俺は止めることができんかった。


次の日俺は、澪の通う大学の最寄り駅、成城学園前《せいじょうがくえん》に立っとった。

ここにいれば、澪に会える。その確信だけが、当たり前のように俺の中にあった。

何を話せばいいかもわからん。そやけど、ただ、ひと目会いたい。

一日目は、夕方から。駅の中に消えていく多くの学生を見送る間に日が落ち、俺は落胆した心を抱えて電車に乗った。

翌日は早朝から昼過ぎまで駅に立ち、澪が通るのを待った。

そして、三日目を迎えた四月の終わり。

俺は澪を見つけた。

一年ぶりやのに、相変わらず俺の目は、確実に澪を見つけ出せるんや。そんな感慨の中、ゆっくりと近づいてくる澪を瞬きもせずに見つめる。

トレンチコートに細身のジーパン、低いヒールを履いて歩く澪は、学生の頃よりも女っぽくなっとった。綺麗や。やっぱり澪は俺の惚れた人や。俺は、押し寄せてくる懐かしさで霞《かす》む目に、ぐっと力をこめた。

けれど、目の前を通り過ぎていく澪に、俺はどうしても声をかけることができんかった。澪は視力が弱い。俺にちっとも気づきよらんで、俺の前を通り過ぎていった。

張り詰めた緊張のせいで、声が出らん。

手を伸ばせば、ひと言声をかければ、澪はそこにおるやんか！

定期を使い、するりと改札を抜けていく澪の姿が見えなくなりそうになってやっと、俺は慌てて後を追った。

急いで適当な切符を買い、改札をくぐる。けれど澪がどっちのホームにいるのか、さっぱりわからん。

俺は渋谷方面に賭けて、走ってホームを目指した。同時に、下り電車の到着を知らせるベルが鳴り響く。もし澪が反対ホームにいたら、もう間に合わへん……。ホームを見渡した時、俺は反対ホームに立つ澪を見つけた。

ここで逃したら、もう二度と会えん……。


「澪っ――!!」


ぎょっとした人々の視線が俺に刺さる。でも、俺の視線は、ただ一人を捉えたまま。

声の主を探すようにきょろきょろと顔を動かす澪の仕草に、愛しさが募る。

「澪、こっちや！　俺、話があって来たんや！」

目の悪い澪は、声の主を見つけても、それが俺とはわからないように首を傾げている。

そして、滑り込んできた電車に乗り込むと、俺のいるホーム側の窓まで近づいてきて、初めて俺を認め、息をのむように驚きの顔を浮かべた。

その瞬間。無情にも電車は動き出し、俺たちの一年ぶりの再会は、ものの数秒で遠くに流れていった。

女々しいことはわかっとる。でもせめて、あの手に、肩に、髪に、俺は触れたかった。澪の現状と、俺の現状には明らかに距離がある。それを裏づけるかのように、ホームで女子大生たちが俺のことをクスクスと笑う声が聞こえとった。


成城学園前の駅に行けばまた澪に会えるとわかっていても、もうそこを訪れる勇気もなければ、今澪に会えたところで俺には伝えるべき言葉が何一つない。

そう思った俺は、澪の前に立てる自分になってからまた会いに行こうと、もう一度、澪への想いをたち切ることにした。


二年後。

六本木にあるバーでバイトしとった俺はその時、お客さんに出すカクテルを作っとった。カウンターに座るのは、常連客の小森《こもり》さん。すると、小森さんの彼女の通う大学が、澪の通う大学だと会話の内容からわかってしまった。

「その大学って……成城学園前にある大学ですか？」

「そうだよ。何？　アキちゃん、友だちでもいるの？」

「はい。知り合いがそこに通ってるんですけど……。こんなこと小森さんに頼んでいいかわからないんですけど、彼女さんに学生名簿借りることってできますか？」

何をやっとるんだ、俺は。

でも、知りたいのは本音やろ……。

「ええよ、アキちゃんの頼みなら、おやすい御用だよ」

俺の心の内を知るはずもない小森さんは笑顔を見せ、翌週には学生名簿を持って店に来てくれた。

膨大な数の学生の中から澪の名前を見つけた瞬間、体が震えるような思いがした。俺は、澪の住所を間違えんようにメモ書きし、翌週、澪の家を目指した。

未練たらたらでも、女々しくても構わん。俺は俺の心のままに動きたいんや……。

けれど、マンションを見つけ、澪の住む部屋がわかっても、俺はその先に進む勇気がなく、チャイムをよう押しきらんかった。その日俺は、そのままマンションを後にした。

いったい俺は何しとるんや……。

完全に、ヤバい奴やないか……。


「そんなの、お前らしくない」

「そうだよ。会いたいなら、ちゃんと会ってこいよ」

翌日、バイト仲間に澪のことを話すと、仲間から口々にそう言われた。

「明日バイト休みなんだから、今から行けよ」

「俺のバイク貸してやるよ。それなら、終電気にしなくて済むだろ」

そんな言葉に背中を押され、俺は借りたバイクにまたがり、澪の家を目指すことに。

途中で道に迷いながら進むうちに雨が降り出し、東京と神奈川の境にある澪の家に近づく頃には、土砂降りになった。

会えんやったら、もう本当に諦めよう。

会えんやったら、潔く身を引こう。

雨で冷えた体の真ん中で繰り返す覚悟だけが、俺の熱を上げていった。

深夜二時。マンション前の公衆電話から、澪の家に電話をする。

耳元で繰り返される呼び出し音が、激しく打つ鼓動と重なる。俺は冷えた手のひらをじっと見つめながら、澪の声を待った。

四回のコールの後、眠たげな声で電話に出た澪は俺の声を聞いて驚きながらも、「今、どこにいるの？」と訊ねてきた。

「実は、君のマンションの下におる」

そう答えた俺に、「何やってるの……」というかすれ声とともに電話が切れた。

静まり返った夜の闇に、ドアの開く音が響く。

俺は受話器を置いて、音のする方へ目を向けた。


コツコツコツと廊下を歩く音に、階段を下りるタンタンタンという音が続き、また廊下を歩く足音が聞こえる。

ずっと会いたかった澪が、もうすぐ目の前に現れる。足音との距離が近づくごとに、会いたいというんと逃げ出したいというんと、二つの気持ちで胸の中がぐしゃぐしゃになりそうやった。

その場で動かずにおったらどうにかなりそうで、俺は意を決し、その足音に向かって走り出した。

――澪との距離を、取り戻すんや。

マンションのエントランスから部屋着姿で現れた澪に、ふっと力が抜けそうになる。

俺はなんとか前に進み、ずぶ濡れであることも忘れて、かき抱くように澪を抱きしめた。

瞬間、懐かしい匂いが鼻をかすめる。時を経ても、雨の中にいてもわかる、澪の匂い。

「会いたかった」という言葉は、声になることはなかった。


降り続く雨をエントランスから二人で見つめながら、俺たちは言葉を交わした。

これまでの東京での生活や、その日々の中で出会った人たちのこと。今はバイトをしながら店の経営や運営を学んでいて、将来的には三重に帰って、自分の店を持ちたいと思っとること。

「大学に通っとる澪からしたら、これから水商売やろうっていう俺は不真面目に見えるかもしれん。せやけど俺は、どんな仕事をしとるかよりも、何のために仕事をするかを考えたいんや。それさえあれば、どんな仕事も世の中の役割の一つになると思うとる。それで……あのな、澪。五年たったら、俺たち、またこうして会わへんか？」

実際俺は、五年以内に独立するつもりやった。そしてその時、澪と同じように有言実行した俺の姿を、澪に認めてほしかった。

「そんな未来があったらいいね」

そう言った澪の言葉を思い起こしながら、雨上がりの道を新たな決意を持ってバイクを走らせるうちに、夜は明けていった。

その後俺は、バイト先の先輩から会社の設立や事業を拡大していく方法を教えてもろて、三重に戻って独立した。初めは小さな店を出し、次いで、結婚式もできる大きなレストランのオープンが間近になった頃、ちょうど五年が過ぎた。

ずっと財布に入れていたメモ用紙を取り出す。すがるようにそこに書かれた番号に電話をかけると、懐かしい澪の声が耳に届いた。

「元気か？」

俺の声に、澪の緊張気味の返事が聞こえる。

「あれから五年やな。澪、会えへんか？」

戸惑っているのか、長い沈黙の後に澪は言った。

「怖くて会えん……」

「なんが怖い？」

「私ね、大学卒業して、思っていた会社にも入れて、すごく大切にしてくれる彼氏もいて、今、本当に幸せなの」

「ええやん。頑張ってきた澪には当然のことやろ。やけど、別によりを戻そう思うとるんやなくて、会わんかった五年間の話をしながら、今の俺を見てほしいだけなんや。それでも、会えんか？」

「……うん。今の幸せを壊したくないから」

震える声でそう言うくせに電話を切ろうとしない澪に、俺は彼女との再会を簡単に諦めることなどできんかった。

次の日から俺は、毎日のように澪に電話をかけた。夜通し働き、朝になって澪に電話をかけ、「おはよう。今日も頑張って」と伝えてから仮眠をとって、また働いて、夜になると、「おやすみ、また明日」と伝えるだけの毎日が、一年。

するとある日澪が、「今度の日曜、会おっか……」と、震える声で口にした。

日曜、俺は待ち合わせの新宿駅へ向かった。叶わなかった五年後の再会から電話越しの声だけを繫ぎ合わせた一年を過ごし、やっと澪に会えるんや。思わず体が震えるんがわかった。

やのに、澪と落ち合い、店に入って向き合って座っても、俺たちは視線を交わすことができん。話したいこと、話そうと思うことを何度もイメージしてきたし、実際にそれはいくらでもあったんや。せやけど、言葉が出てこん。飲んでも飲んでも乾く喉を潤すために、俺はビールジョッキを傾け、澪も澪で、ジンジャーエールだけを口に含み、互いに頼んだ料理にまったく箸をつけやんかった。

ひと言、ふた言、ぎこちなく言葉を交わしては、次の言葉を探しながら喉を潤し、またぎこちなく言葉を交わしては、視線を泳がせる。

店を出てしまえば、ここでしまいかもしれん……。

そう思って、高速で頭を回転させ次の展開を思案している俺に、

「アキちゃんが、昔働いていたっていう、六本木のお店に行ってみたい」

と澪が言った瞬間、俺はやっと胸が軽くなり、ようやく澪の目を見ることができた。


二人でタクシーに乗って六本木まで移動し、後輩たちの働く店に案内すると、澪は申し訳なさそうに口を開く。

「素敵なお店やね。こんな素敵なところで頑張っとったんやね」

俺を見る上目遣いな眼差しが、高校生の頃の澪の目に重なる。

そして、俺たちはやっと、ただ喉を潤すだけではなく、「乾杯」と互いのグラスを重ね、カクテルを味わうことができた。


少し酔ったのだろうか。頬を赤く染めた澪は、ふと口を開いた。

「うちね、大学行くのが夢だった」

聞いとることを示すように、俺は大きくうなずいて見せる。

「今の会社に入るのも夢だったから、どれも叶えられたんやけど、うちのいちばんの夢は、アキちゃんのお嫁さんになることやった……」

澪は涙を浮かべながら、小さく笑った。俺は、その笑顔にどう応えてええのかわからず、ふと時計を見る。あかん、終電が近い。

「電車なくなるで。とにかく行こ」

急いで会計を済ませて澪の手を取ると、店を出て、タクシーを拾う。

目まぐるしいほどの光が後方に流れていく中、胸の内でくすぶるのは、さっきの涙は何やったんや、という疑問と混乱。

駅の改札を抜け、ホームに入った澪の後ろ姿を見つめとると、不意に澪が踵を返して俺の方へ走ってきた。

「アキちゃんっ、ねえ、ほんまにこれっきりなん？　もう、二度と会われへんの？」

そう訊ねてくる澪の涙でいっぱいになった目を前に、俺の混乱はピークに達した。

「いや、澪が会《お》うてくれるんやったら、俺はいつでも来るがな」

と澪の両肩をつかんだ。

「じゃあ、また会おう。約束ね」

澪はそう言うと、発車のベルが鳴り響く最終電車の中に消えていった。

それから俺は、毎週のように東京に通って澪と会い、二人の気持ちを確かめた。せやけど澪は付き合《お》うとる彼氏と別れたわけやない。正々堂々と澪と付き合いたい。その気持ちが強くなった俺は、一か月後、意を決して澪の彼に会いに行くことにした。

新宿の喫茶店。待ち合わせの十分前に向かいの席に座った彼は、穏やかで優しそうな男やった。

「いつか、村中さんが僕の前に現れる日が来るかもしれない。そう思いながら、澪さんと付き合ってきました」

激怒されると思っとったのに、その男は静かに話し始めた。

「『私には、自分の心がいっぱいになるほどの、どうしても心から離れない人がいる。だからお付き合いをすることはできない』澪さんはそう言って、何度も僕の申し出を断りました。そんな彼女の気持ちを押し切って付き合ってきましたが、いつかあなたが現れる日が来るかもしれないと、僕はいつも不安を抱いていたんです。そして、もしその日が訪れたら、潔く身を引こうとも思っていました……」

彼は小さく息を吐き出すと、

「どうか、彼女を幸せにしてあげてください」

と頭を下げ、勘定票を持ってそっと店を出ていった。

俺はたまらず、背筋の伸びたその後ろ姿に、頭を下げるばかりやった。

その後も毎週のように三重から東京へ通った。ようやく、澪との時間を取り戻せる。俺たちは、高校時代からの日々をやり直すかのように、お互いへの想いを確かめながら、毎日を過ごした。

そして、そんな日々は、自然と結婚へと意識を向かわせた。

せやけど、二人がどんなに想い合っても、結婚はそれだけでできるもんと違うっちゅうことを、俺たちは知ることになる。

結婚を前提に付き合っとることの報告に澪の実家を訪れた俺は、お父さんの言葉を前に、自分の心がぐらぐらと揺れるのを感じた。その時の俺は、新しい事業のために二億の借金を抱えとった。そして澪のお父さんの仕事は、金融関係やった。

「君、夢があるなら一人でやりなさい。本当に澪を想うなら、澪の幸せを本気で考えてやってほしい」

夢を見て、借金をしながら事業をし、それがダメになってつぶれていく大人たちを、職業柄いくつも目の当たりにしてきたんやろう。お父さんにとって、多額の借金を抱えながら新たな勝負に挑もうとしている俺は、安心して娘を嫁がせることのできる男やないっちゅうわけや。

ひと言、ひと言、ゆっくりと話すお父さんを前に、俺は、お父さんの言ってることが正しいんやないか？　本当は一人で頑張る方が潔いんとちゃうか？　と考え始めた。

互いの想いに偽りはなくとも、結婚だけがゴールやないのかもしれん。

ここで身を引くことも、一つの愛の形なんやないか。

俺たちはその後何度も話し合いを続け、最終的に別れを選ぶことになった。

東京駅のホームで、三重に戻る新幹線を待つ。

澪はずっとうつむいていて、俺はその隣でずっと人の流れを見とった。澪を求めて何度も訪れ、この目に馴染んだホームは、記憶に刻まれた景色とはまるで別もんみたいや。

「元気でな。幸せになるんやで」

「アキちゃんこそ、幸せになってよね」

そんな言葉を交わすくせに、繋いだ手を離せんでいる俺たちの前に、白い車体がゆっくりと滑り込んでくる。

このままここで立ち上がらなければ、「やっぱり行かん」と駄々をこねれば、もう少し一緒におることができる。そうできるとわかっとる。それやのに、俺の体は、ベンチから離れることを選んだ。選んだはずやのに、ふわふわと心もとない足どりで乗車口に向かう。

そんな自分を自分で受け入れることが、とてもできやんかった。

それでも何とか、大きく息を吐いて車内に乗り込み、振り向いて澪を見つめると、

「アキちゃんっ」

と、まっすぐに俺を見上げる澪の目とぶつかる。高校一年の春に、一瞬で恋をした、強い光を宿した澪の瞳。何度、この人と離れても、俺は何度も何度も、手放すことができん

かった。その、愛しい愛しいその人の瞳を、俺はぐっと覗き込んだ。

「アキちゃん、アキちゃんはいつか結婚すると思うし、私もいつか結婚すると思う。やけど、一年に一回だけ……、世界中のみんなを敵に回してもええからっ」

澪はそこまで言い終えると、大きく息を吸い込んだ。

「一年に一回だけ、私たち……恋人に戻ろう」

その瞬間、発車のベルとともに扉が音を立てて閉まる。不意に世界がシンと静かになり、蓄積してきた思いが、目の奥に熱く集まる。俺は、澪とのどの一瞬も取りこぼしとぉないねんっ！　瞬きもせんと、俺は笑顔で手を振る澪を、見えなくなるまでじっと、じっと見つめとった。

「澪――――っ‼」

俺は新幹線のトイレに駆け込み、名古屋駅に着くまで声をあげて、泣いて泣いて、泣いて泣き崩れた。

◆

車両の電光掲示板に「品川」の文字が浮かぶ。

「まもなく、品川です。山手線・京浜東北線……」

アナウンスに耳を傾けながら、僕は混乱していた。

高校時代のアキさんと澪さんの話を聞いた後に続く、大人になってからの二人の恋の話は、まだ本気で誰かを好きになったことのない僕にとっては、大きな衝撃だった。

「これでしまいや。その後澪とは一度も会《お》うてへん」

アキさんは、ふっと短く笑った。

「澪さんのこと、今でも好きなんですか?」

「好きやよ。せやけどそれは、ワクちゃんが思ぉてるような好きやのうて、ありがとう、という気持ちの強い好きやと思う。今俺がいちばん好きなんは、奥さんや。こうやって講演して回っとるから、年に数回しか家に帰られへんのやけど、帰ると、飲みながら朝まで話し続けんのや。俺な、今、奥さんと話す時間がいちばん好きなんよ」

アキさんは穏やかな笑みを浮かべながら、言葉を続けた。

「かっこ悪い話やったろ？　俺な、自分はこんなにも人を好きになれるんやって、こん時思ったんよ。せやからその後、仕事で接する人や講演聞きに来てくれるお客さんに、同じように向かったんや。そんでまた、同じように奥さんにまっすぐ向かっとって、俺、今、奥さんを愛しいなぁ、思うとんのや。ワクちゃん、あのな。情けないくらいに誰かをとことん大事に思う気持ちな、これ、みんな生まれた時から持ってきてんねんで。何かっちゅうたら、親や。親はその気持ちで子どもを生んで、育てとる。親は子どもの一挙手一投足に、おろおろと一喜一憂すんねん。俺も今息子が三人おるんやけど、奥さんとおんなじくらい、愛しくてならんわ。この〝愛しくてならん〟気持ちがさ、俺の原動力や。こんなおっさんの恋愛話聞かされて、何やねんってワクちゃん思ったかもしれんけどさ。俺、ワクちゃんたちくらいの若い子ぉらにこそ、今、いちばん言いたいねん。かっこ悪いくらいに、本気で誰かを好きになってほしい。本気で誰かが君らのことを愛してくれてることを知ってほしい。みんな生まれもって、その力を持ってるんやって、それを信じてほしいんよ。その力があれば、何だって恐がることないねんて」

アキさんは、まっすぐに、僕を見てそう言った。

本気で、僕のことを愛してくれている人……？

チクリと胸が痛む。

「……アキさん、アキさんのお父さんってどんな人？」

何か手がかりを得たくて、僕は訊ねた。

「ん？　父ちゃんか？　父ちゃんは、俺とは似ても似つかないほどの静かな人やったよ」

視線を宙に浮かせ、アキさんは思案顔で続ける。

「豪快なじいちゃんが一代で作り上げた家業を、文句も言わんで継いで、大杉谷の家を寡黙に守ったんや」

「今でも……元気なの？」

「五年前に亡くなってん」アキさんは短く答える。

「母ちゃんと俺が、ピーチクパーチクしゃべり倒すのを、父ちゃんは毎日、にこにこしながら聞いとった。父ちゃんがおらんようになってな、俺わかったんや」

「何を？」

「聞いてくれる人がおるから、話すのも楽しかったんやなって」

アキさんは、出会ってからいちばん柔らかい笑みでそう言った。

「俺もワクちゃんと同じやったんや。大杉谷から一度も外に出んで、親に決められた道を黙って進むような、父ちゃんみたいな生き方はしとうない、思うてたんや。せやけど、亡くなる直前に、母ちゃんや俺らに向かって、『俺は幸せ者やった』と言い放った父ちゃんを見てな、良さんや三原さんのような豪快な生き方とは違う、父ちゃんなりのやり方で、この人は俺に大切な生き様を見せてくれたんやなって、そう思ったんよ」

僕は、アキさんの次の言葉をじっと待った。

「俺は、たしかにいろんな人に恵まれてここまできたけどな、そのど真ん中に、間違いなく父ちゃんがおんねん。平凡な毎日を、家族を愛しながらコツコツと生きた父ちゃんのおかげで、俺の今があるのは間違いねぇ。まぁ、父ちゃんとの別れが近づいてから、やっとそれがわかるくらいに、俺はあんぽんたんやったんやけどな」

しんみりとした口調になったアキさんの隣で、僕は、父さんのことを思っていた。長く勤めた会社をリストラされ、家族のためにと本当にしたいのかわからない仕事を続け、多くはない収入の中から、僕の大阪行きの旅費を出してくれた……。

父さんは僕のこと、どう思っているんだろうか……。

両手で顔を覆ってうなだれた僕の頭上で、品川駅到着を知らせるアナウンスが鳴り響く。

「打ちひしがれとるなぁ」

トイレにでも行っていたのだろうか。束の間席を外していたアキさんは、シートを揺らして座ると、どこか楽しむように言った。

「もう、ぼこぼこだよ……」

僕は顔を伏せたまま答える。

「ワクちゃん、またこもるんか？」

明るく話すアキさんの声を隣に聞きながら、僕は余計に顔を上げられなくなった。


もうすぐ東京駅に着く。

名古屋からここまでの間に、僕は、「変わりたい」と感じ始めている。

すぐに学校に戻れるか、正直不安な気持ちで押しつぶされそうなことには変わりないけれど、アキさんの話を聞きながら、学校のこと、親のこと、音楽のこと、そして自分のことを、ぐるぐると考え直していることはたしかだった。

終点駅への到着を知らせるアナウンスが流れた。

「アキさん、この後はどっか行くの?」

顔を上げて、訊ねてみた。

「明日長野で講演やから、これからまた別の新幹線や」

「忙しいんだね」

僕はアキさんとの別れに備えて、深くキャップをかぶりなおし、降りる準備を始めた。


ホームに下り立つと、むわっと、夏の夜の熱気が迫ってくる。

東京独特の匂いを吸い込み、僕はギターを抱え、アキさんの大きな背中を追った。

鯉口というらしいその風変わりなシャツと雪駄姿のアキさんは、東京駅の人混みの中でも浮いて見える。でも、そんな風変わりな姿で堂々と歩くアキさんに、今の僕は少しだけ親近感を覚えていた。

「ほな、俺はこっちやから」

アキさんがニッコリ笑って右手をあげる。

「ありがとうございました」

と頭を下げると、アキさんは「おう、ワクちゃん、頑張りや」と、僕の手を両手で取って握手してくれた。

ああ、泣く。

そう思った時には、もう涙が頬を伝っていた。

「会えて嬉しかったです……ありがとうございました」

涙に言葉をのみ込まれてしまわないように、お腹にぐっと力をこめる。

「俺もや。楽しかったで、ワクちゃん」

感傷に浸る間もなく、アキさんは「じゃあな」と歩き出していく。

「うん、じゃあ」

涙を拭いて、そう答えるのが精いっぱいだった。


あんなにも濃密な時間を過ごしたというのに、別れのあっけなさに気持ちが追いつかず、僕はしばらく、その場に立ち尽くしていた。

足早に行き交う人たちの中で、アキさんの背中を見つめる。人混みの中、その背中がずんずんと遠去かっていく。

すると、アキさんは突然立ち止まり、なぜかこっちに走ってきた。

忘れ物でもしたのかな……。

ぼんやり見つめている僕の前に、アキさんは、ゼエゼエ言いながら近づいてくると、

「ワクちゃんは、ど、どこの高校に行っとるんや……」

と聞いてきた。アキさんの慌てぶりに笑いながら、

「都立日向《ひゅうが》高校だよ」

と答える。

「ビ、ビンゴやで、ワクちゃん！」

肩で息をしながら興奮気味の声をあげるアキさんの胸では、二頭の虎がアキさんの荒い呼吸に合わせて暴れている。

「何が？」

「俺なぁ……、そこの、高校で、ゴホッ……、来年の一月に講演するんや……」

「えっ！」

「やから、ワクちゃんよぅ……」

タイムリミットが近いのか、アキさんは近くの時計に目を向け、北陸新幹線の改札まで一緒に話しながら向かおうと促した。

「ワクちゃん、俺の講演の後で歌ったらええやん」

衝撃のあまり声も出せない僕に構わず、アキさんは歩きながら早口で続ける。

「俺な、さっきトイレでワクちゃんの動画見てな……心、動いたんや。俺はミュージシャンでも何でもねぇから、メロディがどうとか、歌詞がどうとかようわからんし、偉そうなことは言えんけどな……、ほんの短い動画でも、ワクちゃんの声に心が動かされた人がおんねんから、ええやん。やから、ワクちゃんの声を、ワクちゃんとこの学校のみんなに聴かせてぇなって思ったんや」

アキさんの話にまだ気持ちが追いつけないでいると、

「名刺渡しとるよな。一度そこに電話くれや。ほいで、その、一月のライブについて、また話そうや」

と、アキさんは改札をくぐった先で振り返った。

「あ、これオフレコやで。学校にばれんよう進めて、サプライズライブにするんや。みんなの度肝抜いたれや」

「オフレコって何?」

「自分で調べぇ」

高く右手を上げるアキさんにつられて、思わず僕も右手を上げた。
アキさんの姿が見えなくなっても、鼓動はずっと波打っていた。

エピローグ

九月一日。僕は久しぶりに登校した。

僕の不在を心配する友人もいなければ、久しぶりの僕の登校に興味を示すクラスメイトもいなかった。

けれど僕は、誰とも話さなくても、疎外感や孤独を感じることはなかった。

卑屈になってそう思っているわけではなく、アキさんが教えてくれたように、未来の視点から今の僕を見れば、一人で高校生活を送ることは、長い人生のほんの一コマだ。もうその一コマにとらわれすぎてしまう必要はないとわかったからだ。

引きこもっていたことを、いつかネタにしたらいいという思いも、僕を支えてくれた。

家に帰ると、すぐにギターに手を伸ばした。

歌詞がメロディを生むこともあれば、繰り返すメロディの中から言葉が生まれてくることもある。いくつかの音や言葉をパズルのように組み合わせて、曲ができあがっていく時間は、僕をワクワクさせた。

それからは、ときどき夜の駅で歌うようになった。

声が夜の中に吸い込まれていくのは単純に気持ちよく、思いのままに歌って家に帰れば、満ちた眠りが僕を包んだ。


十月になっても僕は相変わらず一人だったけれど、十一月になったある日、一人の女子が僕に声をかけてきた。

「新道君って、もしかして、国分寺《こくぶんじ》駅で歌ってない？」

「えっ？　……うん、時々」

僕の歩幅に合わせて歩きながら、彼女は続けた。

「私ね、新道君がＳＮＳに上げてる動画も見てて、ずっと、いい声だなって思ってたんだ」

「……ありがとう」

そっけなさすぎるか？　そう思ったけれど、僕は気にせずそのまま図書室を目指して階段を上がった。どういうわけか、彼女もついてくる。

「今度、いつ歌うの？」

「え？」

「国分寺でいつ歌う？」

「特に決めてないから、いつとは言えないよ」

「じゃあさ、歌う日が決まったら私に教えて」

彼女はそう言って僕の前に回り込むと、小さなメモ用紙を差し出してきた。階段の踊り場で不意に向かい合う形になり、僕はやっと、目の前の女子をまじまじと見つめる。

「一年三組、三島麗奈《みしまれいな》。よろしくね」

目と目の間が離れてる……、そして、口が少し大きすぎる……。だけど、嫌いじゃない顔。

彼女の第一印象を確認していると、驚くほど白い手が、メモを押しつけてくる。受け取ると、そこにはラインのＩＤが書かれていた。

「また聴きたいから、絶対教えてよね」

そう言って、グイっと口角を上げた三島麗奈の笑顔を、僕は呆けたように見つめた。

間隔の開いた目も、大きすぎると思った口も、まるで、その笑顔を生み出すためにそろえられた大切なパーツみたいだ。三島麗奈の笑顔は、花が咲く瞬間を見たかのような衝撃を僕に与えた。

「絶対ね！」

そう言って手を振ると、彼女は階段を駆け下りて行ってしまった。


数日後、三島麗奈は本当に僕の歌を聴きに来た。

僕は、いつもより少しばかり緊張しながら、歌を歌った。

そして、小一時間のライブを終え、帰り支度をしていると、

「やっぱりいい声」

と、彼女が近づいてきた。

「……ありがとう」

色が白いせいか、赤く色を変えた鼻先がやけに目立つ。

「最後の歌は、新道君のオリジナル？」

一月のライブに向けて作った歌を思いながら、うなずく。

「私、あれがいちばん好きっ」

「あ、ありがとう」

僕は片付けに専念するふりを続けながら、短く礼を述べた。

「また、聴きに来てもいい？」

探るように見上げてくる三島麗奈にうなずくと、花のような笑顔が夜の中に咲いた。


「おお、ええやないかぁ。彼女ができたら、創作の幅も広がるっちゅうもんや」

その声のでかさに僕は携帯を耳から離したかったけれど、自分ごとのように喜んでくれるアキさんの興奮ぶりは、純粋に嬉しかった。

「だから、まだ彼女でも何でもな……」

僕の訂正を遮り、

「なんや、甘酸っぱい匂いがここまで香ってくるでぇ」

と、耳もとに、アキさんの荒い鼻息が聞こえてくる。

「今どこにいるんですか？」

「札幌や。明日は鹿児島」

「相変わらず忙しいんですね」

「まあな」と答え、アキさんが訊ねてくる。

「音楽の方はどうや？」

「うん。なんとなくだけど、前よりは楽しくなってると思う。でも、父さんと母さんが、バレバレなのに、隠れながら僕の路上ライブ見に来たり、僕の動画も見てるみたい。笑えるでしょ？」

「おお、笑えるのがいちばんやで、ワクちゃん」

「うん」

「年が明けたら、ぶちかましたらな」

「うん。あ……、アキさん」

「なんや？」

「よいお年を」

「おう。ワクちゃんもなっ」

電話を切ると同時に、

「わ〜く〜。ごは〜ん」

と母さんの声が階下から聞こえてくる。

返事をして階段の最上段に座ると、僕はそこからリビングの明かりを見下ろした。

「あんなに頑張ってるんだから、あなたのお下がりじゃなくて、新しいギター買ってあげない？」

クリスマス間近の夜、母さんが父さんにそう言っているのを、僕はこの場所から聞いていた。

「まだ大阪行きの電車賃だって返してもらってないのに、そんな高価なもん買えるか」

「そんなこと言って、楽器屋さん見に行ってるじゃない」

「あ、知ってたのか」

「どれくらいの値段なのか見に行ったら、あなたいるんだもん」

僕は指先にできた弦だこをさすって二人の会話を聞きながら、アルバイトでも始めようか、と考えていた。

「わ〜く〜。ごは〜ん」

下りてこない僕にまた声を張った母さんは、階段に座る僕を見つけると、ふっと悪戯っぽく笑った。

「懐かしいわね。小さい頃も、あなたよくそこに座ってたのよ」

「そうなの?」

階段を下りながら知らないふりを装ったけれど、僕はちゃんと覚えていた。

「おやすみ」と言って部屋に上がっても、どうにも眠れない夜、僕はこっそり階段の最上段に座って、リビングから漏れてくる明かりを見ていた。

夜の闇の中、明るく光るリビングから、二人の笑い声を聞いたり、父さんの弾くギターの音に耳を傾けてから部屋に戻ると、なぜかすぐに眠れたものだった。

「眠れない夜の、湧の定位置だったよな?」

やり取りを聞いていたのか、ダイニングテーブルに着席していた父さんが、母さんに話しかける。

「こっそり座ってるから、なかなか『下りておいで』って言ってあげられなかったのよ」

母さんは、懐かしそうに目を細めている。

「父さんと母さんも、こっそり路上ライブ見に来てるから、『近くで聴いてよ』って言えないんだよ」

僕の反論に、二人は目配せをし合うと、笑い出した。

つられて、僕も笑みがこぼれる。

三人で笑い合うのは久しぶりで、お腹のあたりがくすぐったかった。


夕食が終わって、僕はホットココアの入ったマグカップを両手で包みながら口を開いた。

「あのさ、今度学校で歌うから、二人で聴きに来てよ」

父さんと母さんは驚いたように顔を見合わせた。

「この前まで学校行ってなかったのに、なんで学校で歌うことになったの？」

驚きと期待の混ざるような母さんの目と、静かに僕の答えを待つ父さんの目をそれぞれ見つめ返す。

「僕、大阪から帰る時の新幹線で、人生を変える人に出会って……、その人がチャンスをくれたんだ」

首を傾げる母さんの横で、

「その人が、湧にスイッチを入れてくれたのか」

と、確信を告げるように父さんが呟く。

「あの日から、湧の中で何かが変わったような気がしてたんだ」

父さんはじっと僕の目を覗き込むと、ゆっくりと口角を上げた。

いつかの懐かしい記憶と重なる父さんの笑顔に、僕はふと気づく。

父さんは、ずっと変わらず僕の応援団だったんだと。

「見に来てくれる？」

探るように訊ねると、父さんはうなずき、母さんは「当たり前じゃない」と、頬を上気させた顔で微笑《ほほえ》む。

安堵のため息を吐き出した胸の中に、アキさんの言葉が蘇った。

「愛しくてならん気持ちが、俺の原動力や」

僕はこの二人から、生きる原動力をもらったんだ。だったら、歌えるよね、僕だって。

――アキさん。

「ねぇ、その人のこと聞かせてよ」

コーヒーカップに息を吹きかけながら、母さんが呟く。

「聞きたい？　長くなるけど」

あとがき

小説を書きたい。それも、僕の人生史上もっとも情けなく、でももっとも純粋な初恋の話を——。

ただ、それを言葉にした時、自分がどうしてそんな衝動に突き動かされたのか、ようわかりませんでした。

僕はこれまでおよそ二十年近い間に延べ人数百万人を超える全国のみなさんに、講演をさせていただいています。話をさせていただくお相手は小学生から人生の大先輩までさまざまで、もちろん話す内容もその都度変わります。

ただ、ここのところ、自分の子どもたちがトライアスロンに挑戦したり、海外に留学したりと自分の中に持っとる可能性の種をどんどん芽ぶかせようとしている時期にさしかかり、親として彼らが自分の未来を疑いもせんで信じ切っとるのが、嬉しくて、おもしろぉて、おのずと講演でこの子らの話をする機会も増えました。

　すると、「どうやって育てたらそんなお子さんに育つんでしょう」「子どものこれからが心配です」とおっしゃる親御さんや「自分が何をしたらいいのかわかりません」と言うお子さんまで、相談をいただくことが増えました。僕はもちろんその都度、お話をうかがって僕なりにアドバイスをさせていただいていたんですが、どこか自分の中で釈然としなかった。

「僕はハイハイできないかもしれない」「私は愛されていないかもしれない」といった不安や恐れを持って生まれてくる子どもはいません。つまり、我々大人ができることは、できる限り子ども自身が持っとる「自分を愛する力」「自分を信じる力」を肯定することやと、僕は思っています。

　となると、親が考えるような答えなんて必要ない。その子一人ひとりが持っとるもんを信じればいいだけなんです。理屈とか論理ではなく、本人が感じるそのままが大切で、これはなにも、子どもに限ったことではなく、大人も一緒やと思います。

　比叡山でもっとも厳しい修行の一つに「十二年籠山《ろうざん》行」という、比叡山に十二年間一人でこもってお勤めする修行がありますが、この修行をなんと二十年もの間行ったのが、比叡山延暦寺円龍院のご住職、宮本祖豊《みやもとそほう》さんです。祖豊さんはこの修行の後に下山した際、この世の中のあまりの膨大な情報量に体が悲鳴をあげたそうです。

人は外から与えられるもんはそんなにいらん。残すほどの食事もいらん。地位も肩書きもいらん。極限までシンプルにした時、残るものは何やろうと考えたら、僕はそれが自分を信じる心、親からもらった、そして生まれた時から持っとった、「どうしようもなく、愛しくてならん気持ち」やと思ったわけです。そう答えが出たことで、自分が小説を書きたいと思った理由がようやくわかりました。

小説という物語には答えがありません。どう読んでもらってもええし、どう感じてもらってもええ。こうするといかん、ああしなさいということは、ここには一切書いてません。「答えは君の中にあんねんで」と言いたかった僕が書いた初めての小説。楽しんでいただけたなら幸いです。

センジュ出版の本
SENJU PUBLISHING

◆

「ハイツひなげし」

古川誠 著

本文 248 ページ
定価 1800 円＋税
発売 2018 年 9 月 20 日
ISBN 978-4-908586-04-0 c0093

**小田島さんは
みんなの光だった。**

新宿から電車で 50 分。東京郊外の小さな町にある「ハイツひなげし」は、家賃 5 万円、6 畳の和室と小さなキッチン、トイレ、風呂がついた 10 室のアパート。アパートからほど近い遊園地のヒーローショーで、ヒーロー戦隊の「ブルー」を演じる小田島さん。マスクとスーツを脱いだ彼の存在は、紛れもなく、このアパートの住人たちの、そしてみんなの、ヒーローそのものだった──。「ハイツひなげし」に住む、10 人の物語。

「千住クレイジーボーイズ」

高羽彩 原作／諸星久美 ノベライズ

本文 224 ページ
定価 1900 円＋税
発売 2017 年 8 月 25 日
ISBN 978-4-908586-03-3 c0093

NHK 地域発ドラマをノベライズ

「意地の張りどころ。間違えんじゃねぇよ」——かつては一世を風靡したものの今や人気ガタ落ちのアラサーピン芸人・恵吾。貯金は底をつき、家も追い出され、昔組んでいた漫才コンビ「クレイジーボーイズ」の相方・行（ゆき）が住む東京足立区・北千住エリアの家に転がり込む。そこで出会うのは元ヤンキーの床屋や銭湯のダンナなど個性豊かなまちの面々。そのおせっかいさを恵吾は疎ましく感じるが、そんな人たちに触れるうち恵吾の日々に変化が生まれて…。千住のもの哀しさと温もりが詰まった物語。

◆

「子どもたちの光るこえ」

香葉村真由美 著

本文 192 ページ
定価 1800 円＋税
発売 2017 年 8 月 20 日
ISBN 978-4-908586-02-6 c0095

教室で実際に起こった、子どもたちの物語

学校一の問題児と言われた男の子の涙、声を出せなくなった孫娘をかばったおばあちゃん、卒業後みずからいのちを絶った女の子が遺したメッセージ、家族から暴力を振るわれた男の子のついたウソ、交通事故でお父さんを亡くした男の子の願い。全国各地での講演で 30000 人以上が涙を流した、子どもたちの実話を収録。生徒から「先生のクラスの生徒でよかった」と言われ、教師から「先生のクラスの生徒になりたい」と言われる、福岡の現役女性小学校教師、真由美先生の初書籍。

「いのちのやくそく なんのためにうまれるの？」

池川明・上田サトシ 著

本文 240 ページ
定価 1800 円＋税
発売 2016 年 7 月 3 日
ISBN 978-4-908586-01-9 c0095

**すべてのママに贈る、
子どものいのちの物語。**

谷川俊太郎さん推薦の育児書。胎内記憶の第一人者・産婦人科医の池川明氏と、アメリカで魂の助産師として母子の声を聴き続けた世界初の男性スピリチュアルミッドワイフ・上田サトシ氏が語る、赤ちゃんが生まれるその日までに知っておきたい、この世にいのちが生まれてくる理由。胎内記憶から知る「生まれる前の赤ちゃんの声」と静かな瞑想から得る「ママのしずけさ」によって、お母さんと赤ちゃんをおだやかな出産と育児に導く、贈り物にも最適なやさしいマタニティブック。

◆

「ゆめのはいたつにん」

教来石小織 著

本文 240 ページ
定価 1800 円＋税
発売 2016 年 2 月 22 日
ISBN 978-4-908586-00-2 c0095

**映画には、
人生を変える力がある。**

俳優・斎藤工さんが7回泣いたノンフィクション。ごく普通の派遣事務員だった著者はある日、カンボジア農村部の子どもたちに映画を届ける NPO のリーダーになる。声が小さく統率力もまったくない著者が、なぜ後に「新しい社会貢献」と呼ばれる活動を立ち上げ、広げることができたのか。その背景には、効率を優先する社会の中で、さまざまな苦悩を抱えていた若く優秀なメンバーたちが、彼女とカンボジアの子どもたちとに出会ったことで人生を取り戻していく、あたたかな物語があった――。

中村文昭（なかむらふみあき）

1969年三重県生まれ。有限会社クロフネカンパニー 代表取締役社長であり、およそ20年の間に延べ100万人以上に向け語り続ける講演家。高校卒業後上京し、飲食店やウエディングレストランの経営に関わり、2006年から農業とひきこもりがちな若者をつなぐ「耕せにっぽん活動」をプロデュース。主な著書に『お金でなく、人のご縁ででっかく生きろ！』『何のために』（共にサンマーク出版）など。

あの日ののぞみ246号

二〇一八年一二月二二日　初版第一刷発行

著者　中村文昭

発行人　吉満明子
発行所　株式会社センジュ出版
〒一二〇－〇〇三四
東京都足立区千住三－十六
電話　〇三－六三三七－三九二六
FAX　〇三－六六七七－五六四九
http://senju-pub.com

構成　諸星久美
校正　槇一八
組版　江尻智行

印刷・製本　中央精版印刷株式会社

 ISBN 978-4-908586-05-7

株式会社センジュ出版は「しずけさ」と「ユーモア」を大切にする、まちのちいさな出版社です。